谁不曾孤立无援，
谁不曾遍体鳞伤

郝泽鹏 —— 著

北京时代华文书局

有态度的阅读
小马过河（天津）文化传播有限公司出品

序

愿所有的期待，最终都能实现

在某个年纪，我们总是会不可避免地对很多事情产生疑惑，你不知道对你来说生活的真正意义到底是什么，不知道还需要等多久才能遇到那个能陪你走到最后的人，不知道还需要坚持多久才能看到属于你的希望。

坚持去做一件事情，一开始可能是因为喜欢，但是如果你坚持了很久一定是因为热爱。不管你最初的想法是怎样的，可能是为了向所有人证明自己，也可能是为了完成一个人对你的期待，还有可能是不想让多年以后的自己后悔，到最后这件事情都会成为你生活中的一部分。

写作对于我来说更多的是一种陪伴，这么多年已经习惯了把生活中的一些重要事情用文字记录下来，可能有些文字你们永远都不会看到，可能有些文字只能留给以后的自己翻看，但是这些文字都曾经记录过我当时最真实的感受。

我一直坚信，想要过上什么样的生活就得先成为什么样的人。你想要成为一个热爱生活的人，就得先从热爱身边的一切开始；你想要成为一个可以陪伴别人的人，就得先从陪伴自己开始；你想要成为一个温暖的人，就得学会给予他人温暖。

一个写字的人首先应该对自己的文字忠诚，我始终无法做到内心冰冷而去温暖别人，无法做到内心不够坚定而去劝别人坚持，无法做到内心存在怀疑而去让别人相信。我写温暖的文字是因为自己足够温暖，鼓励别人坚持是因为自己始终在坚持，让别人去相信是因为自己从来都没有怀疑过努力的意义。

在经历了很多次失败、承受过很多次别人的质疑、面对过很多次对自己的怀疑之后，我终于迎来了自己的第一本书。我不知道这本书能带给你什么，但是我希望它能让你相信生活的美好，相信坚持的回报，相信努力的意义。

在写这本书的过程中，有很多人一直陪在我身边，在这个世界上没有谁会平白无故地帮助你，那些愿意帮助你的人一定是因为他们足够相信你。他们相信你一定可以做得很好，他们相信你一定会坚持下去，他们相信你一定不会辜负自己。

陪伴真的是一件很重要的事情。有时候你觉得自己的付出永远都不会得到回报，有时候你觉得即使用尽全力也无济于事，有时候连你自己都在怀疑自己，而那些陪在你身边的人却让你重新开始相信努力的意义，相信等待的意义。感谢我生命中那些重要的人，感谢安迪哥的帮助。

也许你正站在十字路口不知道该往哪儿走，也许你正面临一次很艰难的选择,也许你正度过人生中最孤独的一段时光……不要紧,往后的日子让我陪伴你,因为我们都相信我们每个人都会等来一个属于自己的理想结果。

愿所有的期待,最终都能实现,愿你的世界从此有了我。

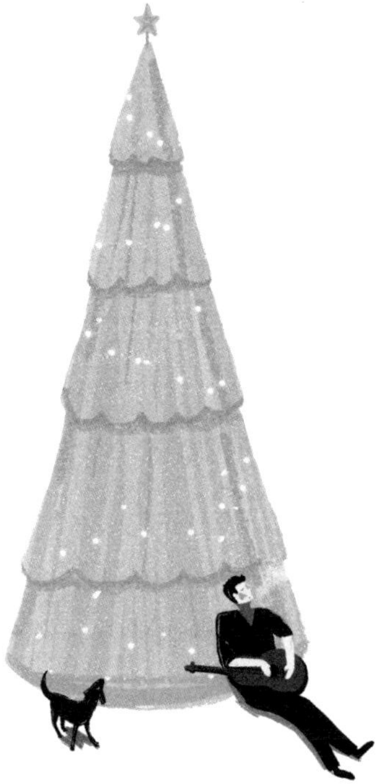

目 录

第一章　感谢你始终坚持，从未放弃

有一束光永远在你生命前头闪耀　　　　　　002
每天，照亮你的不是阳光而是梦想　　　　　　008
多年以后，愿你拥抱曾经拼命努力的自己　　　014
不是所有的梦想都会实现　　　　　　　　　　020
每个努力追梦的人都值得尊敬　　　　　　　　026
永远不要忘记你为什么来到这里　　　　　　　032

第二章　所有的青涩和遗憾

那些年我们一起追的女孩　　　　　　　　　　040
睡在我上铺的兄弟（一）　　　　　　　　　　046
睡在我上铺的兄弟（二）　　　　　　　　　　052
睡在我上铺的兄弟（三）　　　　　　　　　　058
睡在我上铺的兄弟（四）　　　　　　　　　　064
从你的全世界路过　　　　　　　　　　　　　070

第三章　记忆里温暖我们的时光

你不断远行，他们却在原地等你　　　　　　　078
藏在奶茶店里的秘密　　　　　　　　　　　　084
一起挥霍的那些年　　　　　　　　　　　　　090

	并肩走过的那个季节——关于分数	095
	并肩走过的那个季节——关于选择	101
	并肩走过的那个季节——关于爱情	107
	你们从未消失在各自的生命里	113

第四章　如果回忆不曾老去

记得那年你曾年少	120
你曾深爱过的他	126
那个陪你走过整个青春的人	131
有人随你一路流浪	136
记忆中日渐衰老的面容	141
再也回不去却始终无法丢弃的美好	146

第五章　穿越人潮，遇见更好的自己

孤独是成长的必修课	152
梦想是一场孤单的旅行	158
愿你和自己的远方不期而遇	164
愿你被爱伤过仍能从容生活	170
我们都曾在青春里孤立无援	176
关于等待，愿你无所畏惧	182
愿你在自己的生命中光芒万丈	188

后　记

许多年后希望我还在这里陪着你	196

第 一 章

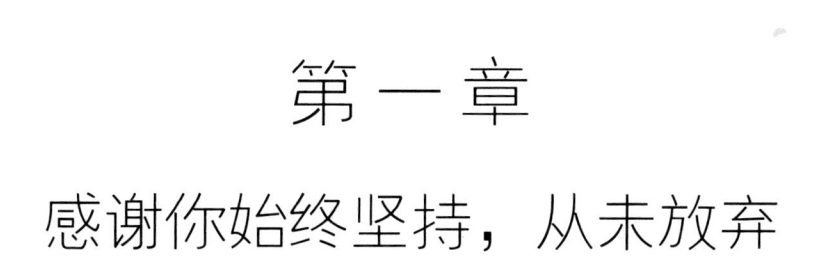

感谢你始终坚持,从未放弃

有一束光永远在你生命前头闪耀

很多时候人们都在说着梦想，在闲聊的时候，在聚会的时候，在喝醉的时候，在陷入茫然不知、何去何从的时候，甚至在无话可说的时候。

而究竟什么是梦想呢？是一直用功读书，直到用尽全部力气的时候？是努力工作，直到能拥有所有你想要的东西的时候？还是一直奋斗，直到有一天你向所有人证明了自己的时候？

如果你不知道自己是为了什么而读书，仅仅是为了逃避来自现实的压力，许多年后即使你满腹经纶也依然会感到迷茫。如果你不知道自己是为了什么而工作，仅仅是为了得到你想要的东西，许多年后即使你西装革履、腰缠万贯也依然会觉得孤独。如果你不知道自己是为了什么而奋斗，仅仅是为了得到别人的认可，许多年后即使光芒万丈你也依然会觉得一无所有。

梦想不是去做所有人都觉得正确的事情，不是为了得到你想要的东西，更不是用来换取别人对你的认可，而是你发自内心地想要去做一件事情。

你只是告诉自己，即使从来都没有人理解你也没有关系，即使你的努力很难得到回报也没有关系，即使很多时候只能一个人孤单地度过也没有关系，因为你知道总有一天会习惯这样的生活。

梦想可以是你想要陪伴一个美好的人共度余生。你开始学着不去在意那些原本十分在意的事情，开始学着去发现内心温柔的力量，学着去成为一个优秀的人。

梦想可以是你想要走遍这个世界的每一个角落。你会在不断地行走中忘掉很多东西，会在日复一日的旅行中遇到很多有趣的人，会在路过很多城市后找到属于你的那座城市。

梦想可以是你想要一份平凡的生活。你会在平淡的日子中明白什么才是你真正想要的，会在漫长的岁月里锤炼出一副心静如水的模样，会在无数人的质疑中学会从容的生活。

可能你的梦想不像别人的梦想那样光芒万丈，但那依然是你生命中最宝贵的东西；可能你的梦想无法给你的生活带来实质性的改变，但是你因为它始终在做一个温柔的人；可能你的梦想永远都不会实现，但是，你因为有了梦想而开始期待每天的第一缕阳光。

你可能不止一次地质疑过自己，现在所拥有的生活是不是你真正想要的？你还可以像现在这样坚持多久？到最后你能过上想要的生活吗？

当你开始这样质问自己的时候，就已经忘记了当初为什么要做这件事情，不再像当初那样相信自己，开始害怕面对失败的结局，害怕被人嘲笑，害怕失去自我，害怕一无所有，成了和当初截然不同的人。

在这个时候你一定要放下手头的一切，为自己放上一首安静的歌曲，躺在床上读一段温暖的文字，去喜欢的那条街上走一段路，然后等感到疲惫的时候躺在床上好好睡一觉。

你会在梦里记起为了梦想而不顾一切的那段日子，记起曾经为了梦想而付出的一切，会为了当初那个执着的自己闭着眼睛流出眼泪。

但是，请千万不要沮丧，你只是有些累了，只是需要一点时间让自己放松下来。

等到你一觉醒来的时候，会和以往的每天一样继续过属于自己的生活，依然会为自己拥有的梦想而感到骄傲，依旧会在忙完手头的一切以后在一个角落里为实现自己的梦想偷偷努力，还是会感谢那个差点要放弃的自己。

你想要画画，不是因为可以成为一个被很多人喜欢的画家，而是因为那些线条和色彩陪你度过了很多漫长的夜晚。

你想要写字，不是因为可以成为一个被很多人崇拜的作家，而是因为那些词语和段落陪你度过了很多孤单的日子。

你想要唱歌，不是因为可以成为一个被很多人喜欢的歌手，而是因为那些歌词和旋律陪你度过了很多寂寞的时光。

或许有一天，你成了光芒万丈的人，但请一定不要忘记自己是因为什么才走到今天的，也一定不要忘记那些曾经帮助过你的人，那些怀疑、孤独、无助的日子都是你的人生中最宝贵的回忆。如果有一天，你遇到和从前一样的人，不要吝啬你的鼓励与帮助，也许不经意间的微小善意，就可以让一个人继续走很远。

或许，你永远都无法成为自己想象中的模样，但是没有关系，当回首曾经的时候，你会发现其实自己已经走了很远，至少你的人生要比那些无动于衷的人丰富许多。有些事情不是用来实现的，它仅仅是横在你的脑子里随时提醒你：你是在为什么而活着。当你明知道不会得到回报却依然在固执地做一件事情的时候，一定会认识到生活的真正意义。

如果有很多人不理解你，很多人不相信你，甚至很多人在嘲笑你，这些都不要紧，梦想本来就是一件孤独的事情。你需要一个人孤单地等待，孤单地面对所有质疑，孤单地面对所有失败。即使没有人陪你，你也一定要坚持下去。

没有人可以替你去忍受这些，你除了独自承受以外别无选择。当你想要过上自己想象中的那种生活的时候，就应该做好去接受那些附加条件的准备，这个世上很多事情都是公平的，从来没有一种生活叫作轻而易举。

而你呢，或许正在出租屋里吃着泡面，或许正顶着熊猫眼咬牙坚持着，又或许即使打着点滴也依然对自己的梦想念念不忘。你要坚信这些都是会过去的，那些看起来活得很轻松的人都有过一段从未对人提起的经历，你又有什么理由去抱怨正在经历的一切？

拥有梦想本身就是一件值得庆幸的事情，你没有像别人那样为了生活而生活，没有像别人那样百无聊赖地度过每一天，没有像别人那样荒废掉最宝贵的时光。你用尽全力希望在有生之年离自己的梦想稍微近一点，无数次地跌倒却始终没有被打倒，处在暗无天日的绝境中却依然相信会有出头之日。

你或许伟大，或许平凡，一直都在前进的路上却不知道路的尽头有什么，但是你知道如果现在就停止脚步，或许连终点的轮廓都看不见。你不会讨厌那个没有成功的你，但是一定会鄙视那个临阵逃脱的自己。

趁着年轻，趁着一切才刚刚开始，趁着那些腐朽的世俗观还没有浸染你的内心，好好地为自己努力一次吧。你所做的一切都是为了自己，可以不向这个世界妥协，可以不向那些质疑你的人认输，可以去拥抱喜欢的一切，当然这一切的前提是你始终没有放弃。

做错了事情有什么关系呢？你依旧会在再次睁开眼的时候看到一个崭新的世界。被人瞧不起有什么关系呢？你依旧可以无视他并骄傲地告诉他，我是和你不一样的人。跌倒了又有什么关系呢？那些流血的伤口总会成为你身体上最坚硬的血肉。

如果一件事情真的成功了，不是因为你有多么厉害，而是你始终相信并坚持。

如果一件事情彻底失败了，不是因为你有多么糟糕，而是你连自己都不愿意相信。

我们注定要老去，注定要被同化，而我们想要成为截然不同的人，就趁现在坚持自己的选择，安慰受伤的自己，鼓励已经岌岌可危的信心。这样，你可以按照自己的意愿一直生活下去。

那些尚未发生的事情，如果可以的话，就让它永远在未来等待吧。现在是你的，没有人可以从你手中夺走这段时光，只有你自己可以决定要坚持还是要放弃，我想我们中的任何人都不会拱手让出自己的未来。

我们跌跌撞撞、相互扶持，我们无比脆弱，但不曾放弃。在这样漫长的时光里,没有什么是可以永远陪着你的,但是你的梦想只要你不放弃它,它就会一直待在你的生命里,给你信心,给你力量。

当有一天你老去,生命中遇到过的所有人变得日渐衰老,生命中发生过的所有事情成了零散的记忆,所有去过的远方真的成了远方,等到那时候你依然是你,但有一束光永远在你的生命前头闪耀。

每天，照亮你的不是阳光而是梦想

不知道从什么时候开始，你开始不自觉地去羡慕一些人。你羡慕那些一出生就含着金汤匙的人，羡慕那些拥有一份完美爱情的人，羡慕那些轻而易举就取得成功的人，羡慕那些身体很好、很少生病的人。

你总是在想，老天真的是不公平！为什么别人拥有的那些美好的东西你都没有，别人没有的那些烦恼你都有，大概一辈子就这样了吧，你认为不管怎么努力都改变不了糟糕的处境。

你想要繁华却出生在一个很普通的家庭，想要一份完美的爱情却又害怕被欺骗，想要在事业上获得成功却把当天的工作推到第二天再做，想要锻炼身体却在早起了两天后对自己说算了，以后再说吧。

可是你知道吗？那些一出生就含着金汤匙的人也会有他们的苦恼，那些在你眼里拥有完美爱情的人也经历过无数次的争吵，那些在事业上取得成功的人在你睡觉的时候仍然在拼命努力，那些早起锻炼的人总是对自己说一定要坚持。

你总是把这一切归咎于命运，似乎你是一个天生的宿命论者，命里有时终须有,命里无时莫强求。可是只有你知道你是多么想要得到那些东西,只是在做了一点点努力无结果后给自己找了一个用来自我安慰的借口罢了。

就算你认为的这一切都是正确的,难道因为这些就放弃努力吗?虽然说有些东西你原本没有,甚至它们离你无比遥远,但是至少可以通过自己的努力去离它们近一点,万一哪天一不小心就实现了呢?

没有人可以规定你的成功,没有人可以限制你的努力,太多的借口只说明你在向懒惰妥协,在为恐惧找一个很好的理由。因为如果是这样的话,你就可以对许多年后的自己说这不怪你,就可以用一副很惆怅的姿态感叹着现实的残酷。

很多时候之所以有些人能给你一种很舒服的感觉,不是因为他们有多么光鲜亮丽,而是在他们身上有你所不具备的品质。他们执着、勤奋、有梦想,即使在诸多方面不如意,仍然能在第二天起床的时候给自己一个大大的微笑。

世界上哪有那么多确定的事情呢?你总是不确定会不会成功,不确定能不能坚持下去,不确定像这样的日子还需要过多久。可是你想过吗,如果这一切都安排好了,你的生活还有什么惊喜呢?一成不变的生活真的是你想要的吗?

正是因为不确定,我们才会努力地尝试自己到底有多少潜力。正是因为不确定,我们才会咬着牙坚持了很长的时间。正是因为不确定,我们才会即使无数次地想要放弃却仍然坚持了下来。

因为你知道,眼前的这一切都会过去的。你不会永远是这样一副普通的样子，不会永远都在忐忑现在的生活到底有没有意义，不会永远都在问自己明天到底会是什么样子。

生活不如意，你才拥有了想要改变它的念头。觉着自己还没有老去，你才会想要继续折腾下去。梦想还没有熄灭，你才不会扭动脖子回头看。

不要理会那些嘲笑你的人，因为无论你在做什么都会有人对你泼冷水。不必理会他们，因为在这个世界上除了你以外没有比你更了解自己的人了，你只需要认真地做自己喜欢的事情，一直咬牙坚持下去就够了。

许多年后你会发现，和当初那些给你泼冷水的人相比，你过上了和他们截然不同的生活。你之所以和他们不同，不是因为你比他们优秀，而是在最初你和他们做了截然不同的选择。

你没有选择每天一觉睡到大天亮，而是选择了在万籁俱寂的时候默默努力。你没有选择在失败的时候自我安慰，而是选择了即使遍体鳞伤也要坚持下去。你没有选择一成不变的生活，而是选择了为一件不知道结果的事情去尝试、去拼搏。

因为这些选择，无论你最后的结局怎样，你都是一个努力拼搏的人。你没有向这个世界妥协，没有被世俗同化，自始至终都坚守自己的初心。

所以真正值得尊敬的人不是被你崇拜的那些人，而是那些一直努力的人。他们用那些微小的光亮照耀着这个世界，那些光亮让你觉得这个世界并不是只有你一个人，其实有很多人都和你一样。既然他们还在努力着，我们又有什么理由放弃呢？

你要学着去认识那些一直在努力的人，他们存在的意义不在于能改变你的处境，而在于让你不会觉得孤独。事实上你从来没有孤独过，永远都有一个更好的自己在前头对你说：嘿，我在这里，你一定要加油啊！

生命就是这样一场盛大的旅行，它永远不会在一开头就把你想要的东西摆在面前，也不会告诉你怎样去得到想要的东西。它只会给你一些别的东西，比如梦想，比如勇气，比如坚持。只要你好好把握这些东西，从未将它们丢弃，就一定能活成自己想要的模样。

你也许不止一次地想过要在某天风风光光地出现在那些嘲笑过你的人面前，所以你拼命努力，这些念头甚至盖过了你对梦想的热爱。可是你想过吗，如果这样你和那些当初你最为鄙视的人还有什么区别？

你知道吗，你的努力不是给谁看的，只是为了不辜负自己。不辜负那个起早贪黑的自己，不辜负那个从未放弃的自己，不辜负那个不怕千万人阻挡只怕投降的自己。

如果这一切都没有了，你只是一个为了一己私利而绞尽脑汁的人，一个陷入功名利禄而不知自拔的人，一个爱慕虚荣而固执己见的人。一个人如果失去了自我，输掉了自己，即使实现了梦想又有什么意义呢？

所以如果有人质疑你的初衷，你可以沉默，但一定要告诉自己，沉默不是无话可说，而是因为不屑争辩。如果有人怀疑你的动机，你可以微笑，但一定要告诉自己微笑不是无可奈何，而是因为问心无愧。如果有人嘲讽你的坚持，你可以转身，但一定要告诉自己，你转身不是无能为力，而是因为你惜时如金。

是啊，追求梦想已经让你精疲力竭了，你哪有多余的时间去计较这些事情呢？你必须学会冷静地面对这些事情。第一次你可以生气，第二次你可以愤怒，但是第三次你必须告诉自己要冷静，因为还有更重要的事情等着自己去做。

当你选择了梦想的一刹那，就选择了一条孤独的路。你不再有大堆大堆的朋友，只会有很少的人在你坚持不下去的时候陪你走一小段路。你不再有大把大把的时间，只会有很少的空隙在你坚持不下去的时候让你用来放松。你不再有莫名其妙的情绪，只会有很少的感叹在你获得一些微小成就的时候显现。

你以为无论如何都熬不过去，可是当你回头的时候，却发现自己在不经意间已经咬着牙走了很远的路。你会带着好奇的目光打量自己，在你的身上已经看不到当初的一点影子，原本期待的所有美好现在都如约而至。

可能你现在无比普通，甚至有些怯懦；可能你现在无比困惑，甚至有些迷茫；可能你现在无比失落，甚至想要放弃。不要紧，这一切都会好起来的，你会打败怯懦而不再普通，会走出迷茫而不再困惑，会坚持下去而不再失落。

所有出现在你生命里的东西，都有它的专属意义，它可能使你变得成熟，使你变得美好，也可能平淡无奇却令人念念不忘，成为人们生命中最宝贵的记忆。

你要相信，每天照亮你的不是阳光而是梦想，阳光只能使你看起来更精神一些，只有梦想才能让你光芒万丈。你一路前行，从未想要放弃；你一路成长，从未想过妥协；你感慨万千，从未忘掉初心，当做到这些的时候，你就已经是一个很优秀的人了。

多年以后，愿你拥抱曾经拼命努力的自己

也许你总在想以后的自己会是什么样子，会是你想要的模样吗？会是你最恐惧的模样吗？是金光闪闪，还是无比平凡？而你会笑着接受，还是无法释怀？

你可能不止一次地经历过，那些似幻似真的情景在你脑中上演了无数次，无比真实，却又无比模糊。你以为无论如何都会欣然接受，到最后才发现，根本无法像现在这样安静地等待，因为你明白如果什么都不做，等到那一天到来的时候，除了接受将别无选择。

很多时候动力不是来自渴望，而是来自恐惧，对自己失望的恐惧，对一成不变的恐惧，对无能为力的恐惧，对想要挣扎却又没了力气的恐惧。

是啊，无能为力是一件多么悲哀的事情啊，你只能顺从生活的安排，只能接受命运的摆布，时光在日复一日中逝去，无力挣扎，也无法改变。

很多人都在说，不甘平庸是只有在年轻时才会有的想法，许多事情习惯了就好。可是只有你知道，你会因为后悔而难过，因为无能而痛苦，因为老去而流泪。

那些误以为时间可以治愈一切的人，都是在被生活日复一日的打击中失去了自己，他们不再拥有热情，不再拥有希望，不再拥有梦想。他们不再拥有挣扎的力气，只能无奈地告诉自己：就这样吧。

可是你不一样，你还年轻，还记得梦想，遍体鳞伤却从来没有被现实打败，伤痕累累却从来没有向生活的压力低头，泪流满面却从来没有对梦想说再见。

你不是无知无畏，而是无比清楚地知道自己想要的到底是什么；你不是毫无畏惧，而是无比清楚地知道比起失败你更害怕绝望；你不是可笑至极，而是无比清楚地懂得即使没人理解也无所谓。

一生就这么长，活着已经够累了，如果不能去做自己喜欢的事情还有什么意义呢？你不是为了屈服于现实才来到这个世界的，来到这个世界是为了服从自己的心意。你不是为了活在别人的眼里才来到这个世界的，来到这个世界是为了活出自己的姿态。你不是为了妥协于眼前的一切才来到这个世界的，来到这个世界是为了发出自己的光，照亮自己的生命。

无论我们之中的谁都无法预料自己未来的模样，可是你难道要因为无法预料未来就忐忑不安吗？无论我们之中的谁都不知道付出会不会有回报，可是你难道会因为没有回报就停滞不前吗？无论我们之中的谁都不知道会不会有一天想要放弃，可是你会因为要放弃就不努力尝试一下吗？

去努力，去折腾，去按照自己的心意活着。那些将你打倒的都是你生命里无法跨越的鸿沟，无须自责；那些没有将你打倒的都是你记忆里精彩的画面，足以自傲。所谓人生就是这样，你不是因为必须做什么而活着，而是因为想做什么而活着。

我们知道有些事情注定一辈子都难以做到，譬如成为世界首富，譬如成为科学家，譬如创作出流传千古的作品。可是我们还是一如既往地去做了，有时候在别人听起来不可思议的梦想其实并不是用来实现的，那些无比美好的愿景能让你始终以一种积极的心态面对生活。

人活着总是要相信一些东西的，或许是回忆，或许是梦想。可能再怎么拼命赚钱都成不了世界首富，可是在你的努力下你的生活条件已经变好了很多了呀。可能再怎么用功读书都成不了科学家，可是掌握的那些知识会让你获得更多的从容与自信。可能再怎么努力创作都创作不出经典的传世作品，可是曾为之付出的努力终将让你成为一个优秀的人。

而你做到的那些事情可能没有多么伟大，但正是因为这些事情使你明白了努力的意义，学会了更好地生活，成了更好的自己。那些别人或是默不作声或是嗤之以鼻的事情，对于你来说恰恰是自己成长的基石。

你想要开一家杂货店，所有人都觉得你胸无大志，可你在面对金钱和财富的诱惑时始终能保持内心的平静。你想要去旅行，所有人都觉得那根本毫无意义，可是在走过了很多地方以后才明白哪儿最适合你。你想要去做慈善，所有人都觉得不可理喻，可你在帮助过许多人以后更加坚信人性的美好。

我们都是普通人，都会感到疲惫，都会开始怀疑，都会想要放弃。每当这些时候人们都会不知所措，都会无所适从，然而你的一个小小的举动只要坚持下去就会使你的人生截然不同。

你感到疲惫不是坚持不下去，而是因为需要得到肯定，有时候可能别人一句简单的问候就能让你泪流满面，在那样漫长的日子里一直坚持实在是太孤独了。

你开始怀疑不是不再相信，而是因为害怕一无所有，让一个人一直坚持下去的不是简单的勇气，而是不知道在什么时候建立起来的信仰。

你想要放弃不是不够坚定，而是因为承受着越来越大的压力，在经历了许多事情后终于过了无所顾忌的年纪，有些问题不得不开始考虑。

所以你的努力不是为了能立马得到回报，而是为了能离你想去的地方近一点，为了让自己有信心能一直坚持下去，为了能在各种压力接踵而至的时候多一点选择的权利。

所以有那么多人在近乎偏执地坚持着，你和他们素不相识，和他们做着截然不同的事情，但是你们都一样在为自己想做的事情努力着。

有的人工作了一天明明已经很累了，却仍然在坚持跑步锻炼身体，虽然体重计上的数字短期内不会有明显的改变，但是你在第二天早上一定可以在跑道上看到他们的身影。

有的人被嘲笑了无数次明明已经很失望了，虽然没有任何人肯定他们的努力，但是你一定可以在夜深人静的时候看到他们伏案工作的背影。

有的人在失败了无数次以后明明早就绝望了，虽然他们看不到任何的希望,但是你询问起他们的时候一定会听到他们倔强地说:没关系,我还能继续。

而你比他们中的很多人幸运得多,你虽然也很疲惫,但至少你的身体依然年轻;你虽然也很失望,但至少那些相信你的人一直在陪着你;你虽然也很绝望,但是你总会在坚持了很久以后看到新的希望。

其实任何事情,只要没有真正放弃,只要没有真正死心,只要一如既往地坚持下去,你会发现很多路,咬咬牙依然可以继续走下去。

除了放弃以外,从来没有一件事情是立马就能出结果的。你必须放下飘浮不定的心,必须放下不切实际的幻想,必须放下无论美好还是失败的曾经,只有这样才可能在经历过无数次的尝试以后得到自己想要的东西。

当你为了一门考试起得很早怨声载道的时候,早就有人为了自己的目标默默努力了很久。

当你在为第二天的体育测试忧心忡忡时,早就有人不声不响地跑过了十字路口。

当你临近毕业开始彻夜未眠的时候,早就有人拿着自己的简历奔波在各个人才市场。

那些表面上看起来风轻云淡的人,都是在经历了无数不为人知的痛苦以后,才在所有人面前表现出一副无比轻松的模样。他们从来都不是为了得到谁的羡慕,只是不想在尚且能努力的时候辜负了自己。

所以不要再顾忌别人的目光了，去做自己真正想做的事情吧，再晚可能就真的没有机会了。所以不要再害怕失败了，明知道可能不会成功也努力去做吧，因为等你老了就折腾不动了。所以不要再犹豫不决了，在年轻的时候任性一次吧，所有"疯狂"的经历都会成为令你骄傲的资本。

愿你疲惫但不放弃，愿你怀疑但不动摇，愿你失落但不绝望。愿你最终能够活成自己想要的模样，能够抵达自己想去的地方，能够遇到自己想共度余生的人，在多年以后拥抱现在拼命努力的自己。

多年以后，如果一切都成为现实，希望我还在这里陪着你。

不是所有的梦想都会实现

我们的一生会经历多少遗憾呢？关于梦想，关于爱情，关于缘分，这些深深浅浅的事情如同被海浪侵蚀过的沙滩，嵌着形态各异的贝壳，它们无时无刻不在逝去，却又无时无刻不在提醒着你那些或是惊心动魄或是无比惨烈的曾经。

你一直在自己的世界里扮演着主角，却很少体验过那种春风得意的感觉，更多的时候都在属于自己的生活中挣扎着，为了或近或远的未来，为了或深或浅的缘分。你不知道时间会给你一个怎样的答案，只能一直小心地向前，在疲惫的时候给自己一个会心的微笑，在绝望的时候许诺自己一个美好的未来。

原本你以为任何事情只要一直坚持，只要心怀感恩，只要不曾放弃，就一定会得到想要的结果。可以接受失落，可以忍受孤独，可以遍体鳞伤，但是你觉得只要能拥有自己想要的结果，这一切都是值得的。

你从来没有想过自己会失败，从来没有想过会被辜负，那些惨烈的场景对你来说无异于噩梦，那种无力的感觉无论如何都不能接受，毕竟你是那么认真、那么拼命地在做一件事情啊。

可是生活就是这样,不是为你一个人存在的,它会给每个人不同的际遇,会给每个人不同的安排,我们都身处其中,谁也无法逾越分毫。你付出的一切,不甘的所有,都只能自己承受,生活不会停下来等你。很少有人理解你,也很少有人会一直陪着你。

你觉得这一切很残忍,可是我们的哪一次成长不是伴随着伤痛呢?你学会了独立,不过是因为遭受了别人的背弃。你学会了坚强,不过是因为经历过痛彻心扉的别离。你学会了沉默,不过是因为体会过无数次的无力。

可能你想要开全世界最大的酒店,最后却只能当一家小饭馆的老板。

可能你想要成为一名画家,最后却只能在你的家乡开一家很小的画室。

可能你想要成为一名歌星,最后却只能等没有人的时候一个人在家摆弄你的那些乐器。

可能你想要成为金光闪闪的人,最后却只能做一个一辈子籍籍无名的人。

当这些时刻真的来临的时候,你大概会很难过吧?你开始怀疑人生,开始质疑努力的意义,开始无视生命的价值。因为你觉得你的余生再也没有意义了,无论再怎么努力,都不得不接受无能为力的现实。

那些为了一单生意对人低声下气的场景在你的脑海中翻滚,那些为了一个文案好几天不吃不喝的场景在你的大脑中上演,那些发着烧、流着鼻涕却从来没有想要放弃的狼狈模样被你重新记起。

你泪流满面,无比哽咽,手足无措,以后的日子该怎么度过呢?你还能像从前那样意气风发吗?你还能像从前那样心平气和吗?你还能像从前那样不言放弃吗?

你一定要记住,没有做到想做的事情,没有成为想要成为的人,不是因为你不够好,而是因为这个世界上还有许多比你优秀的人,这个世界上还有许多比你努力的人,这个世界上还有许多比你运气好的人。

有的人可能什么都没有做就做到了你无论如何都做不到的事情,有的人可能在你失去信心的时候仅仅比你多坚持了那么一小会儿,有的人可能拥有和你一模一样的条件却比你多了那么一点儿运气。

你不能把这些事情归咎于命运,有些事情我们终究要释怀的。我们无法带着黯然的情绪去生活,无法以悲观的心态去工作,也无法以一种决绝的姿态去爱。

你要明白,在此之后会过的生活、会做的事情、会遇到的人,他们都是崭新的、无辜的,无论之前经历了怎样的泣不成声,都要好好地整理好自己,好好地继续接下来的人生。

生命不是一条单行线,只能前进不能转弯。生命不是一道是非题,非黑即白。生命也不是一座独木桥,稍有不慎就万劫不复。你经历了无数次痛彻心扉、无数次成功失败,生命才会在你面前展露他的真容。

无论你是成功还是失败,那些关心你的人都会一直陪着你,他们不会因此而从你的生命中退场。无论你是得意还是失意,都会继续接下来的人生，那些场景不会因此而改变分毫。无论你是光鲜还是狼狈，都会遇到生命里最重要的人，你们的故事不会因而有所缩减。

所以你一定要好好地对待自己，一定不要放弃自己。你一定不要在夜深人静的时候一个人买醉，因为到最后难受的还是你自己。你一定不要在无人注视的角落号啕大哭，因为必须学会真正的坚强。你一定不要一言不发地把拳头砸在墙上，因为有些事情早已尘埃落定了。

过去的事情就让它过去吧，该被遗忘的情绪也真的遗忘吧。我知道你是一个很努力的人，那些彻夜未眠的日子我都知道，那些固执的努力我都知道，那些为梦想付出的所有我也都知道，可是这些都已经过去了不是吗？

总有一天，你会重新为了一件事情去努力，像极了曾经的你。总有一天，你会重新遇到一个有趣的人，在你的生命里开出新的花来。总有一天，你会有新的梦想，不那么伟大却让你感到温暖。

而你曾经做过的那些事情是不是就真的没有任何意义呢？其实不是的，每一个拥有梦想的人都是十分幸运的人，至少你曾经为了一件事情拼命努力过，至少知道不是所有事情都是用成功与否来衡量的，至少知道原来真的会为了一件事情无怨无悔。

那段你为之奋斗的岁月，无论什么时候回忆起来都会为之动容，擦过汗的毛巾写满字的草纸用坏掉的电脑，任何一件微小的物件都在记录着你的那段岁月，它们从来没有背叛过你，你也从来没有被遗忘过。

你失去的东西，时间也会以另外一种方式来给你补偿。你失去了青春，时间会在你的眼底置上温柔与沉稳。你失去了热情，时间会在你的心上写满坦然与祝福。你失去了梦想，时间会在接下来的年月给你新的际遇和故事。

我们身边有太多不如意的人，但他们依然在很认真地经营着属于自己的生活。他们可以一面做着手中的事情、一面讲述着自己的曾经，可以细细地向你道出自己的某段岁月却不表露出一丝一毫的悲伤，可以仍然做着与许多年前相似的事情却流露着释怀的神色。

他们都是从时间深处走出来的人，身上有着曾经的少年和如今的你们。那些娓娓道来，那些不诉离殇，从来都不是刻意的伪装，所有沉默或是微笑的表象背后都是和你一样的无数次挣扎。

不用担心，某一天你也会和他们一样笑着对陌生人讲起你过去的事情，现在以为永远也过不去的时光总有一天会过去，现在以为永远也走不出的情绪总有一天会消散，现在以为再也好不起来的自己也总有一天会变得更好。

即使最后没有实现你的梦想，依然要将它很好地珍藏，那是你生命中最为宝贵的礼物，因为它度过了一段仗剑走天涯的时光，因为它有过豪气冲云霄的气概，因为它成了一个即使退隐江湖也依然心怀天下的人。

不是所有的梦想都会实现，不是所有的流浪都会有归途，但你依然是一个很出色的人，从来没有向任何事情认输，没有对任何事情低头，没有被任何困难打败。许多年后即使你两鬓斑白，依然是一个很棒的人。

有些风景注定是用来让人感叹的，有些故事注定是用来让人觉得遗憾的，有些人注定是用来让人怀念的，可是你依然要好好生活，不是吗？

每个努力追梦的人都值得尊敬

不知道从什么时候开始，你喜欢上了回忆。你开始回忆心无旁骛的童年，回忆轰轰烈烈的年少，回忆声色犬马的青春，回忆孤独沉重的成年，甚至到老了还在回忆着曾经活过的岁月。

你在童年时，羡慕肆意奔跑的少年，对自己说等长大一些，一定要奔跑到这座城市的每一个角落，要在每个地方留下属于自己的味道。

你在少年时，羡慕无所畏惧的青春，告诉自己等青春来到的时候，一定不会给自己留下任何遗憾，一定要一辈子牢牢抓住爱的那个人的手。

你在成年时，羡慕无欲无求的暮年，告诉自己当自己老了，一定不会再为那些烦琐的事情操心，想要的只是再平凡不过的人生。

你从来都没有过好任何一段属于你的人生。你在童年的时候，被迫做着许多不喜欢的事情；你在少年的时候，只懂得顺从，从来没有思考过自己的未来；你在青春的时候，自以为无所畏惧，浪费掉了许多宝贵的时光；你在成年的时候，已经身不由己，只能在夜深人静里叹息；你在风烛残年时，除了无可奈何还是无可奈何。

其实你根本不是喜欢回忆，喜欢的只是想象中的美好模样，似乎只有在回想起过去的时候才能觉得安心，而现实的一切都让你觉得糟透了。你无力改变发生在身上的一切，只能不停地想念那些无法重回的画面。

你也没有那么喜欢未来，只是没有过好属于你的现在，未来那些崭新的时光让你觉得一切都没有结束，你的人生只要还没有结束，就要一直怀有期待，可所有的期待就这样在你的身上一点点变成无奈。

何必那样缅怀过去和曾经呢？当下才是你真正拥有和真正美好的时光，只有平静地去经历所要经历的一切，认真地过好属于你的生活，未来才不会辜负你，想要的生活才会如约而至。

你总是在抱怨，抱怨父母不能支持你的决定。你总是在抱怨，抱怨生活处处与你作对。你总是在抱怨，抱怨现实太过残忍，从来没有对你展现一点点的温柔。

你说父母不能支持你的决定，不过是你所有的行为从来都不能让他们对你产生信心。你说生活处处与你作对，不过是你的内心太过脆弱，不能承受哪怕一点点的打击。你说现实太过残忍，不过是你遇到一点困难就想放弃，从未想过坚持。

真正的梦想不是摆在你面前的一场盛宴，不是对你服服帖帖地讨好，不是没有一丝波澜和惊险。你需要一个人咬着牙走很长很长的路，需要被伤得遍体鳞伤却依然雀跃，需要经历无数次打击，依然记得最初的那个自己。

有一段时间，我每天都早起跑步，然后去餐厅吃饭。那段时间我每天都能见到一位戴着眼镜的老人，他穿着很简单的衣服，一个人坐在餐厅的角落低头看着什么东西，或者很认真地在纸上写写画画。

尽管在这样一群年轻的身影中，他显得十分特立独行，但我从来没有想过一探究竟，因为自己一直以来都没有打扰别人的习惯。直到有一天，他拿着纸笔向我走过来，我才知道这位老人每天在做着什么。

那天，他拿着一道高中的物理题过来问我，我忍着内心的惊异给他讲完，随后他和我讲起了有关他的过去。由于他家里当时很贫穷，他没能完成小学的学业就扛起了家庭的重担，许多年后终于将子女抚养成人，如今又重新拿起了被搁置多年的书本。

他说他真的很喜欢科学，许多年前没能完成学业一直是他心中的遗憾。在生活稳定后，他自学了从小学到高中的所有课程，在空闲时间还制作了很多科学小制作，如果可能的话希望在有生之年读大学。

我无法想象这么多年他是如何以小学的文化水平自学完这么多课程的，也无法想象他是付出了多少努力才把那些公式记在心里的。他一定是很辛苦才坚持了这么多年，也一定是很热爱才始终没有放弃。

过了一段时间，我再也没有见到这位老人，但是很长时间里我都无法将他从我心中抹除。对于这位老人我除了震惊以外更多的是惭愧，在他眼里至高无上的东西曾一度被我们嗤之以鼻，而许多年后即使我们也会开始心生悔意，却总是一梗脖子装作一副风轻云淡的样子，一笑了之。

有多少时光是被你轻易浪费掉的呢？那些别人埋头伏案的时候，那些别人奋笔疾书的时候，那些别人不吃不喝的时候，那些别人眼里闪着光的时候。

你在干吗呢？你高呼着梦想而置未来于不顾，却从未真正地为一件事情努力过。你不屑着那些刻板的教条而置前途如儿戏，却从未认真地想过以后的生活。你鄙视着那些呆板的人而置年华如浮云，却从未为了自己决绝过哪怕一次。

你总是说已经太迟了，世界上没有卖后悔药的地方，如果有来生一定不会再虚度年华。可这位老人即使年过半百都没有说太迟了，他一直用自己微小的努力在向自己的梦想靠近，即使收效甚微，即使有很多人不理解，即使可能永远也无法实现，而他始终在努力。

你有什么理由说迟呢？你说太迟了，却每时每刻都在低头玩着手机。你说太迟了，却总是听着别人那些与你毫无关系的喜怒哀乐。你说太迟了，可你手上还是有大把的青春啊。

你给自己找了无数个理由去开脱，却从未给自己找哪怕一个理由去努力。你给自己找了无数个理由去解释，却从未给自己找哪怕一个理由去坚持。你给自己找了无数个理由去安逸，却从未给自己找哪怕一个理由去奋斗。

还记得那些被你嘲笑过的人吗？你嘲笑中学时某个只懂得埋头读书的同学，说像那样的人一辈子只知道死读书，你以后一定比他优秀。

可是现在呢，他进入了一所很好的高校，在学术的路上走得越来越远，有优秀的女孩喜欢他，而你仍然在一边打着游戏，一边幻想着未来。

你嘲笑原先班里一个很土的女孩，说像她那样的女孩一辈子都得不到幸福，说你以后无论变成怎样都会有人对你很好，都会有人给你幸福。

可是现在呢，她通过自己的努力变得越来越好，开始用自己赚来的钱把自己打扮得很漂亮，而你仍然一边花着家里的钱，还一边说着瞧不起她的话。

你嘲笑遇到过的一个很努力的人，说他无论怎样努力都不会获得成功，说你以后才不会那样折腾自己，会去做一件真正适合你的事情。

可是现在呢，他虽然依然没有获得成功，但是通过他的努力他的生活已经变好了许多，而你仍然在一边说着不将就的话，一边为下个月的房租发愁。

你在这个世界能扮演怎样的角色不是由你决定的，但是你能决定你以怎样的姿态活着。你可以是一个很平凡的人，但是谁都不能阻止你做着属于你的梦。你可以是一个很贫穷的人，但是谁都不能阻止你去改变你的境况。你可以是一个很卑微的人，但是谁都不能阻止你去成为一个很高尚的人。

你要开始学着去尊重那些努力追梦的人，他们都是你生命中的流星，在你最绝望、最想要放弃的时候划过你的天空，照亮你的心空。他们告诉你失败没有关系，告诉你一定要好好坚持，告诉你他们和你一样努力。

你也要开始学着不去在意那些嘲笑你的人,学着屏蔽掉那些会让你觉得难受的声音,即使每一步都走得很艰辛,即使每一天都过得很孤独,即使你的梦想依旧无比遥远,但是已经比嘲笑你的那些人优秀了许多。

我们每个人都是再平凡不过的存在,不知道自己的未来会是什么样子,不能确定自己的梦想会不会实现,但我们依然是自己生活中最温柔的存在,依然是自己生命里最璀璨的星辰,依然是自己的世界里最大的英雄。

答应我,跌倒别放弃,流泪别心碎,以后的日子我会陪你一直走下去。

永远不要忘记你为什么来到这里

当下很多人都在说初心，如初心不改、不忘初心、勿忘初心。可是，关于初心我们真正懂得多少呢？

初心，是你走了很远很远，看过许多风景，却始终不曾遗忘的画面。初心，是你不断有新的际遇，认识了许多人，却始终怀念美好。初心，是你经历了很多事情，听过许多故事，却始终存在于内心深处的执着。

现实的残酷之处，不在于它让很多人失去棱角，也不在于它让很多人遍体鳞伤，现实真正的残忍之处在于它让很多人疲惫不堪，让很多人忘掉了最初的自己。

当你被城市的喧嚣遮盖了双眼，当你被旁人的言语蒙蔽了双耳，当你在日复一日的消耗中变得神志不清，曾经那些让你感动过无数次、流过无数次泪的画面还能记起多少呢？

曾经的你喜欢看书，为了一本新书你可以坐一小时的车去市里的新华书店，即使花掉一个月的零花钱，依然觉得无比满足。

曾经的你喜欢听歌，为了一张限量版的专辑你可以排一整晚的队，即使第二天要顶着一双熊猫眼去上课，依然觉得十分欢喜。

曾经的你喜欢摄影，为了买一台入门级的单反你可以一个学期都省吃俭用，即使那个学期过得很苦，依然觉得内心充满欢喜。

而现在，报刊亭里摆的每一期杂志都会带回家，书店里放的每一本书都会毫不犹豫地买下，可是你把它们堆在了书柜里，对自己说有时间一定会看，但是直到现在都没有将它们翻完。

现在，再也不用排队就能听到喜欢的歌，想要的专辑再也没有人跟你抢，可是你下载的歌塞满了一张又一张的内存卡，对自己说闲下来的时候再慢慢听，但是真正好好听听的还有几首歌。

现在，再也不用攒一个学期的钱就可以买到一台单反，甚至在你的桌子上摆放着好几台相机，可是你再也没有碰过它们，对自己说等哪天什么都不干时好好地拍个够，但是它们至今都蒙着墨绿色的布。

你从来没有想过你会变成现在这样，曾经信誓旦旦地说那是你这辈子最重要的事情，无论发生什么事情都不会将它遗弃，即使现实残酷，即使时过境迁。现如今它们依然存在于你的生命里，只是它们已经再也不是最初的模样。

你不住地质问自己这是为什么，责怪现实，责怪时间，责怪所有阻挡过你的人，可是无论再怎么责怪、怎么难过，当初那些细腻而又温暖的感觉都如同被隔上了一层厚厚的毛玻璃片，无数次地想要接近却再也无法将它看清。

丹是我大学时的学姐，对于她来说画画曾经是比生命还要重要的事情。她说想要将她眼里的世界记录下来，所有风景，所有情绪，所有想象，即使那些画永远都只是她一个人喜欢也无所谓。

在高中的时候，她可以在画室泡上一整天，不吃也不喝，等到离开的时候经常是头昏脑涨手指发酸。可是她从来没有觉得累，说那是她唯一坚持过的一件事情。

她当时对于画画已经到了痴迷的程度，成绩也因此一落千丈，经常被老师叫去谈话，为此学姐经常和父母争吵。在劝说了多次无果以后，学姐的父母给她放下狠话，如果再执迷不悟就不认她这个女儿。可是学姐是一个很倔强的人，她当场对她的父母说不认就不认。

从家里跑出来以后，学姐把所有的闺密都借了一个遍，凑了大概五千块钱就一个人跑去了北京。学姐说当时在她眼里北京是一个很神圣的地方，觉得只要到了北京就可以离自己的梦想近一点。

到了北京以后，学姐租了一间一个月两千块钱的地下室，白天她在附近的超市打打零工，等晚上回到地下室就在昏暗的灯光下画画。而礼拜天她会跑到一些出版社希望能出版自己的画集，但是学姐从来都没有得到回应。

学姐说那段日子真的很狼狈，她为了摆地摊被城管追赶过，为了推荐自己的画被人冷嘲热讽过，为了得到认同遭遇过赤裸裸的厌恶。可是学姐从来没有觉得辛苦和委屈，她那时想即使生活令她很痛苦，也至少在向自己的梦想靠近啊。

学姐问我是不是觉得她的故事很狗血？我很诚实地回答没有，学姐满意地点点头说她也觉得没有。她说她从来没有想过会为了一件事情拼到那样的地步，因为她从小就是娇生惯养的人，以前在电视里看到这样的人她会嗤之以鼻，可是当这样的事情发生在自己身上以后，才发觉自己曾经不屑一顾的人也会令她感动。

在北京待了两个月后，学姐的父母找到了学姐要带她回家，学姐一开始是拒绝的，但是在看到自己的父母近乎乞求的样子时她终于还是没能狠下心来。

回到家后的学姐开始拼命学习，那时候距离高考已经只剩下几个月的时间，她似乎将在北京的劲头用在了高考上，每天蓬头垢面，鲜有言语，恨不得把吃饭的时间都用来学习。

我问学姐你就这样洗心革面了？学姐说怎么可能，因为那时候落下的功课太多了，自己只是想完成父母的心愿而已。既然不能得到他们的理解，就努力摆脱眼前的这一切，等上了大学再去做自己想做的事情。

可是等学姐高考结束的时候却再也不想画画了，学姐说她原本打算分数一出来就继续回到北京，一边打工，一边画画。可是在交完最后一张卷子以后她感觉自己就像失去了所有力气，什么都不想做了，只想好好地躺在床上睡一觉。

学姐整整在床上躺了三天，除了吃饭、上厕所几乎没有出过房间，她说那时候几乎什么都不想，困了就睡觉，睡醒了就盯着天花板发呆，发呆累了再继续睡觉。

学姐说真是讽刺啊！原来没有人支持、没有人理解的时候她是那样的固执，现在没有人管她，开始拥有大把大把的时间了，自己却放弃了。

上了大学后的学姐像是变了一个人，她参加了各种各样的组织和社团，只要学校里有活动就会去参加。学姐说她只是想让自己忙起来，这样就不用去想那些事情了，也不用再让自己难过了。

有一次，学姐给我打电话，一边哭一边说道：什么梦想啊，情怀啊，只有现实才是真的。这个世界上比你优秀的人多了去了，这个世界上比你努力的人也多了去了，你有什么资格去谈自己的梦想一定能实现呢？与其在别人眼里活得像个傻子，最终还是一无所有，不如趁早放弃，这样到最后也不至于输得太惨。我现在早就不想什么梦想了，就想把书读完，顺利毕业，以后嫁个还算不错的人，和他一起过平凡的生活就够了。

学姐说我很庸俗吧，我说没有，你只是累了。学姐说你不用安慰我，我知道自己现在是什么样子，以为永远也不会放弃的，以为永远也不会变成自己最讨厌的那种人，可是我再也找不回当初的那个自己了。其实你说得对，我是真的累了。

我不知道该说些什么，只能良久沉默着。不知道过了多久，学姐说好了，就这样吧，正当我准备挂电话的时候她又说，你和我不一样，答应我你一定要坚持下去。

我们之中的多少人也是这样呢？有过信誓旦旦，有过百折不挠，有过遍体鳞伤，可最终还是只能给自己一个无奈的微笑，辜负着过去，惭愧着未来。

无论你躺在床上不吃不喝多久，曾经独自背负孤独行走的岁月都已经成了回忆。无论你把自己折磨成什么模样，第二天醒来依然要回到属于自己的生活。

所以为了有一天不会那么疲惫，当你累了的时候一定要停下脚步看看来时的路。为了有一天不会那么痛苦，你一定要始终将最初的那个自己刻在心里。为了可以最终成为自己想要的模样,你一定要始终如一、至死不渝。

你如此辛苦,如此艰难,不是为了要去成为多么金光闪闪的人,而是为了即使岁月蹉跎、沧海桑田,依然怀有最初的等待。永远不要忘记你为什么来到这个世界。

第二章

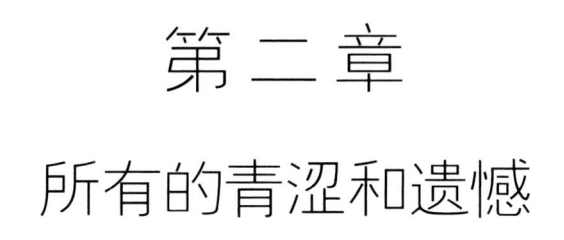

所有的青涩和遗憾

那些年我们一起追的女孩

《那些年，我们一起追的女孩》看哭了很多人。不知道当时的你，是拥有着那一切，还是已经错过了所有，而现在你是依旧无法释怀，还是已经风轻云淡。

几乎每个人的青春里都有一个沈佳宜，在遇到她之前你是一个人，在遇到她之后可能还是一个人，但是她几乎贯穿了你的整个青春，她让你疯狂，让你流泪，让你一夜长大，让你念念不忘。

很多时候，生命都像一场默片，你不停地经历着一切，回望着一切，当你以为一辈子就这样过去的时候，你的生命里突然出现了一道光。那道光或者是一件事，或者是一个人，从此，你听见了世界深处的声音，你的人生变得截然不同。

柯景腾遇到沈佳宜的时候是在最幼稚的年纪，很多时候我都在想青春时的爱情之所以最后大多都归于沉寂，并不是因为那时的爱情熬不过漫长的时光，而是那时几乎所有的女生都要比男生成熟，等到你好不容易懂得责任的意义的时候，你喜欢的女生早就离开了你。

可是，也只有处于最幼稚的年纪，友情才能那样心无芥蒂，你们可以毫无顾忌地喜欢同一个女生，可以肆无忌惮地开着彼此的玩笑，可以在某个人得到幸福的时候默默地祝福。这一切只能发生在最透明、最美好的青春年代，等到多年以后你会发现你的很多喜欢都必须小心翼翼。

可能不是每个人都有过一段堕落的时光，但是每个人一定有过一段松松垮垮的时光。那时父母的警告没有用，老师的责罚也没有用，但仅仅因为某个人的一个鄙视的眼神，你就能立马改过自新。你为了她和自己的狐朋狗友断了联系，为了她拿起了自己最讨厌的课本，为了她每天熬夜到很晚，努力把自己变成和从前截然不同的样子，只是为了能离她近一点。

直到最后柯景腾依然觉得读书没有让自己有发展，可是沈佳宜对他说人生本来就有很多事是徒劳无功的，但我们还是依然要经历。你明知道有些知识最终都会被遗忘，可是为了能有一个归宿还是在努力记忆着。你明知道有些事即使努力了也没有用，可是为了不让自己后悔还是拼命尝试着。你明知道你和她最后还是要分开，可还是那样固执地抓紧她的手。

你还记得你那时候有多么笨拙吗？你不敢直视她的眼睛，和她说话都会脸红，即使她哭得很伤心，都不敢给她一个拥抱。直到最后你才明白，原来你喜欢的那个女孩也一直喜欢着你。是啊，如果她不喜欢你，怎么会和你说那么多话？如果她不喜欢你，怎么会总是笑着看你？如果她不喜欢你，怎么会从来都不拒绝你？

可是，你从来都不懂得这些，为她做了那么多事情却从来没有开口说过你喜欢她，在她跑过来找你的时候头低得比她还严重，在所有人都知道她喜欢你的时候依然傻乎乎地问她能不能和你在一起。你不住地追寻，却也在不住地错过，等到有一天幡然醒悟的时候，许多事情已经再也回不到最初的样子了。

那时的你经常把全世界挂在嘴上，可是一碰到与她有关的事情就变得无比卑微。你可以很自信地对她说：沈佳宜，我很喜欢你，非常喜欢你！总有一天，我一定要追到你，百分之一千万，一定会追到你！

可是你却不敢去听她要给你的答案，对她说不要，我没有问你，所以你也不可以拒绝我。拜托你不要现在告诉我，请让我继续喜欢你。你害怕被拒绝，你害怕连喜欢的资格都被剥夺，所以宁愿这样迷迷糊糊地喜欢着，也不愿意听到她要给你的答案。这句台词后来成为许多人竞相模仿的对象，谁都不知道它成就了多少人的爱情，也不知道它伤了多少少年的心。

后来，柯景腾终于明白了沈佳宜的心意，所有人都以为他们最终会修成正果，可他们最终还是没能在一起。或许所有男生都曾在某个时间段崇拜过力量的魅力，柯景腾那时候想通过一场格斗赛来证明自己，却遭遇了沈佳宜的不理解。一个连自己都不爱惜的人，又怎么能够去爱惜别人呢？

你以为她在质疑你的梦想，其实她是在担心你。你以为她瞧不起你热爱的东西，其实她只是想让你照顾好自己。你以为她从来都不会感动，可是她的内心早已泪流成河。

柯景腾就那样把沈佳宜丢在了大雨中，他不知道沈佳宜说那声"笨蛋"是想让他回头，那声"大笨蛋"还是想让他回头。他说对啊，我就是幼稚，才会追你这种努力用功读书的女生；我就是幼稚，才有办法追你这么久。

可是你知道吗？你喜欢的那个人从来没有想要你有多厉害，她只是想要在失落的时候你能陪着她，在难过的时候你能给她一个拥抱，在她流泪的时候你能帮她温柔地拭去眼泪。可是你那时候觉得所谓的尊严比什么都重要，不肯低头也不肯认输，直到最后才明白最可怕的事情是你的世界里再也没有她的影子。

有时候你只需要说一句"我错了"，她就能破涕为笑。有时候你只需要给她一个拥抱，她就会满心欢喜。有时候你只需要站在她的身前，你们就能破镜重圆。

你总以为还会遇到不同的人，还会碰到更合适的人，还能再喜欢别人。可是等你走得越来越远，认识越来越多的人，才发现自从遇见了她，你的世界里再也装不下别人了。

你以为那些回忆只有你一个人记得，但其实那个女孩也一直没有忘记。柯景腾问沈佳宜为什么和阿和分手，她说被你喜欢过，很难觉得别人有那么喜欢我。

你以为她嫌你幼稚，嫌你不够好，可是你对她的好她一直都记得。那时只要你回头给她一个拥抱，你们就能拥有未来，可是你没有。柯景腾问沈佳宜相信有平行时空吗？他说也许在那个平行时空里，我们是在一起的。沈佳宜说真羡慕他们啊，谢谢你喜欢我。

你和她分手的时候没有哭，想她的时候没有哭，但是一定会为了她哭一次。你以为能够放下她，可是在她有危险的时候，还是会情不自禁地担心她。你开始无比懊悔，恨那个自以为是的自己，恨那个不肯低头的自己，恨那个愚蠢至极的自己。你想如果余生能有她，那该多好啊！

柯景腾原本以为如果一个人真的非常非常喜欢一个女生，她即将嫁作他人妇时，要真心祝福她永远幸福快乐，这个是很难的事。可是当沈佳宜穿着婚纱出现在他面前时，他才发现自己错了，原来当你真的非常非常喜欢一个女孩，当她有人疼、有人爱，你会真心实意地祝福她永远幸福、快乐。

在你生命中一定会出现那样一个人，她颠覆了你对爱情的想象，刷新了你对自己下限的认识，让你遗憾终身却又默默祝福。电影最后给了柯景腾一个"happy ending"，可是在现实生活中你不会得到任何"happy ending"。

只要你消失在了她的世界里，一切就再也没有复苏的可能。她的快乐与你无关，她的难过与你无关，她的想念与你无关，你只能过着属于自己的生活。等有一天她穿着婚纱路过你的身旁时，你也只能一个人承受所有的遗憾和悲伤。

很多时候我都不知道人为什么要让自己后悔，明明能做成的一件事情却因为任性而不去努力，明明能去的地方却因为拖延始终不曾到达，明明相爱的两个人却因为赌气而走向了不同的方向。

如果你还拥有这一切，你就是世界上最幸福的人，还有机会去向喜欢的那个人说我喜欢你，去给那个人一个拥抱：还有机会去亲吻那个人的脸颊。就算你们最终没有在一起也没有关系，你还有机会去挽回，还有机会让自己出现在她的生命里。

如果你已经错过了太多，请记住不要忘记，不要声张，也不要打扰。你们都已经回不去了,回忆真正的价值不在于让人时刻缅怀,而在于我们要携着它继续走下去。

我们都应该感谢各自生命中曾出现过这样一位女孩,她教会我们成长,教会我们释然,教会我们如何去爱。在接下来的岁月里,愿她们都能被温柔以待。

睡在我上铺的兄弟（一）

在成长的长河中，我们所有人都不可避免地要去流浪。你遇到风，就以为风会替你吹散令你悲伤的一切。你遇到河流，就以为河流会陪你流淌到你想要抵达的地方。你遇到天空，就以为你每次抬头的时候它都会微笑地看着你。然而，一般人不会总是记得这些际遇。

有一天，你会将风遗忘，因为没有风也会有人让你走出悲伤。有一天，你会将河流遗忘，因为没有河流最终也会有人陪你一起抵达。有一天，你会将天空遗忘，因为没有天空你也会在抬起头的时候看见某个人的笑脸。只有那些惊艳过你生命的时光，无论岁月怎样流逝，无论记忆怎样苍白，它们都依然闪耀在你的生命里，你始终无法将它们真正遗忘。

睡在我上铺的兄弟，除了那些所有人共同拥有的时光以外，每个人都经历了属于各自的成长。不同的相遇，不同的故事，不同的结局。曾经有过的疯狂灼热，曾经有过的悲泣窒息，一切在学士帽被抛向天空的一刹那都尘埃落定。

等到那个时刻，你将携着所拥有的所有美好一直向前，将带着你包藏的所有遗憾奋不顾身，所有不舍都只能轻埋在岁月里，每个人都开始拥有了一副陌生而又冷漠的神情，孤独而又决绝地迈向了各自的人生轨迹中。你不知道未来会是什么模样，怎样的景象在等待着你，只能跌跌撞撞茫然无措地行走，所有原本清晰的痕迹都将消失不见，只有在某一天才会想起那些时光。

在林向宇的青春里出现过两个女人，一个带着炫目的光环，一个收起自我默默陪伴。书店的相遇像一场美得不真实的梦境，青丝三千，逆光飘散，回眸一笑，百媚丛生，几乎所有美好的词汇都能用在那个背影上。可是当林向宇以为女神降临的时候，一切却如同崩坏的梦境再也无处追寻。

几乎所有人都喜欢在青春里幻想永远，当某个人带着炫目的光环出现在你的生命里时，所有的风景就都成了将就，你不顾一切地想要抓住那缕光，可很多时候只是一厢情愿，有时候光的背后不仅有希望，也有绝望。

林向宇和每个热血青年一样，开始了执着而又疯狂的追寻。各种社交网络，找人绘出画像，举办"face party"。可是那个背影似乎永远成了背影，无论林向宇怎么努力都再也没有转过身来，唯一残存的就是那根飘着发香的丝带。

就在这个时候夏星辰出现了，夏星辰大概是那种让所有人看上去都会觉得舒服的校花，很有邻家女孩的味道。可是林向宇心中已经住了一个人，无论她怎么努力都无法将之取代。

你或许也经历过这样的事情吧，放下了所有骄傲、所有尊严去接近一个人，甚至可以强忍着内心的委屈去帮他追他喜欢的人。你连陪他走一段路都没有想过，只是想既然没有办法在一起就努力让他得到幸福；你以为能看着他幸福也是一种幸福，可是等他真的离你而去的时候你却哭成了泪人。你只能不计较一切地待在他身边，至少那样还能拥有残存的希望。

后来等到林向宇终于开始放下女神包袱，能够克服对兄弟的愧疚的时候，他和夏星辰在一起了。夏星辰以为自己的付出终于得到了回报，欢喜得像是要在心里开出一朵花来，从前所有的委屈和难过都开始变得不那么重要了。

当你等了很久终于等到一个人的时候，最害怕的就是失去。夏星辰拼命地对林向宇好，她努力参与着林向宇的生活，想日久总会生情。可是那个年纪的男生最向往的就是自由，任何形式的制约对他们来说都是一种禁锢。

夏星辰的父母来上海的时候，她想要林向宇陪她去见父母，却被拒绝了。不甘心的夏星辰伪装了一场偶遇，林向宇只能全程赔着笑脸吃完那顿饭。送走夏星辰的父母以后，他们发生了激烈的争吵，甚至到了分手的地步。

可能林向宇只是没有准备好，他需要一些时间去长大，可能他在夏星辰的付出中也在计划着他们的未来。可是夏星辰的恐惧、猜忌、欺骗已经让林向宇疲惫不堪。有时候感情就像浮在水面上的孤舟，每次波澜都会在船身留下深深浅浅的窟窿，等到最后千疮百孔的时候已经再也无法航行。

而最后夏星辰从林向宇的柜子中拿走丝巾的时候，这段感情也彻底失去了继续下去的可能。两个人在一起最重要的就是信任和尊重,当这些都失去的时候只能挥手道别。不知道这段感情在林向宇心中留下了怎样的痕迹,但是夏星辰一定无法将之忘却,这些无奈而又残忍的过往最后终于成了回忆。

在所有稍纵即逝的缘分中,不同的人会有不同的结局,你念念不忘苦苦追寻的时候它一直在作弄着你,你感到疲惫想顺其自然的时候它却重新出现在了你的生命里。

在经历了几次擦肩而过后,林向宇终于在实习单位里重新遇到了自己的女神徐美心。那一瞬间,似乎所有的等待和煎熬都是值得的。林向宇开始认真工作,努力地记忆着所有案例,只为了在有生之年能和徐美心在一起。

他从社交网络找来所有关于徐美心的资料,只为了能真正走进徐美心的心里。他在马场把自己的后背划出长长的伤口,只为了不让徐美心受委屈。他在雨天顶着大雨修车,只为了能给徐美心一个值得依靠的背影。

你以为自己需要很漫长的时光才能成长,可当你真正遇到那个想要保护的人的时候,会告别你的幼稚任性,把失落隐没在平静的神情下,把痛苦憋在自己心里,把想念安放在温暖的微笑里。因为你知道她需要的是安全感,因为你知道你不可以失去她,因为你知道你有多爱她。

无论你最终有没有和出现在你生命中的那个人走到最后,都应该感谢她。没有她,你依旧是那个幼稚任性的男孩。没有她,你依旧是那个遇到一点困难就想放弃的胆小鬼。没有她,你依旧是那个一旦失去就歇斯底里的笨蛋。

一次偶然，林向宇发现自己小时候和徐美心在同一个时空待过，那个瞬间两个人都笃定会在彼此的生命中扮演重要的角色。徐美心也说出了我知道我这辈子逃不掉了的话，相信徐美心也是下了很大的决心，才能摒弃世俗的眼光和林向宇在一起。

和大多办公室恋情一样，林向宇和徐美心被推到了风口浪尖，一时间所有人都对他们避之不及。徐美心为了林向宇的前程提出了分手，并约定休假一个月回来以后彼此只做好同事、好朋友。

可是你知道吗？她不是没心没肺，只是不想看着他遭受非议。她不是毫不在意，只是替他做了最好的选择。她不是不会难过，只是没有更好的选择。

林向宇最后主动提出了辞职，他没有办法看着两个明明相爱的人各自在人海浮沉。或许在所有人眼里那是最愚蠢的做法，但是对林向宇来说那是最正确的决定，当你真正爱一个人的时候，前程和未来都可以不要，要的只是下班后一个温暖的拥抱。

如果你正牵着心爱的那个人的手，却得不到任何人的祝福；如果你正拥抱着属于你的那个人，却遭到了所有人的反对；如果你正坐在你爱入骨髓的那个人身边，却看不到属于你们的未来，无论如何，一定不要放弃，要始终坚持下去。

失去了她，你的余生都会蒙上失败的阴影。失去了她，你会开始漫长而无止境的想念。失去了她，你再也不会那样一腔热血地去爱一个人。比起这些，还有什么会让你觉得恐惧呢？没有人祝福，你们也可以得到幸福。所有人反对，你们还有对方可以相信。看不到未来，你们也会到达到属于你们的明天。只要你们一直去爱，一直信任，一直拼尽全力，时间就一定不会辜负你们。

在这一生，你会遇到爱你的人和你爱的人。我不知道你会做出怎样的选择，但一定要做出对你来说最正确的选择。如果你选择了爱你的人，就请一定不要辜负她，因为你是她世界里最耀眼的光。如果你选择了你爱的人，就请一定要照顾好她，因为她选择你的时候就已经为你放弃了全世界。

余生很长，愿在你的生命中爱意不曾断绝，愿爱过你的人能被你好好珍藏，愿你爱的人能陪你风雨无阻。

睡在我上铺的兄弟（二）

陪伴是你想去吃饭的时候刚好有人能挽着你的手臂，陪伴是你想去旅行的时候有人能一言不发地去收拾自己的行李，陪伴是你想睡觉的时候有人能把灯关掉然后对你说正好我也累了。

以前，总以为自己可以一个人生活、一个人吃饭、一个人旅行、一个人睡觉，觉得没什么大不了的，顶多稍微苦了一点，寂寞了一点，可一切总归是会过去的。

慢慢地开始习惯了这一切，习惯了一个人的时候看着天空发呆，习惯了孤独的时候沿着小区门口的小路散步。

当重新有人出现在你生命里的时候，你开始本能地抗拒，抗拒他陪你吃饭，抗拒他陪你散步，抗拒他把你原本安静的生活变得面目全非。

沈月和李大鹏是青梅竹马，为了年少时的那份感情，她一路追随着李大鹏的脚步。李大鹏幼稚，她就陪李大鹏一起幼稚。李大鹏疯狂，她就陪李大鹏一起疯狂。李大鹏对她冷漠，她就如同失去了全世界。

一直被家人视为掌上明珠的她，大概从来没有想过自己会因为一个人变得如此卑微，所有在别人看来那些耀眼的光环她都必须小心地收起来，所有曾经有过的任性她都必须伪装成温柔的样子，所有的委屈与不甘她都必须隐藏在若无其事的表情下。可是这些时光无论美好还是晦暗，她都始终欢喜着。

她因为每天能见到李大鹏而欢喜，因为李大鹏眉眼带笑而欢喜，因为李大鹏的愿望得以实现而欢喜，而李大鹏不经意间的关心更是能让她欢喜很久。

我们之中有多少人也是这样吗？为了一份不知道结果的感情而努力着，努力着讨好对方，努力着感动对方，努力着让对方喜欢上你。即使你感到很疲惫，看不到希望，都不敢放弃，因为怕和他从此失去了所有的可能。

你从来没有发现原来自己可以忍耐这么多，从前你的父母一责骂你，你就摔门而去；你的老师一批评你，你就拍案而起；你的朋友一误解你，你就歇斯底里。可是你现在正为了一个从前素不相识的人而改变着自己，变得让自己都觉得不可思议。

不管他怎样冷言冷语，你都能表现出一副毫不在意的样子。不管他怎样不予理会，你都能在下一秒摆出一副灿烂的表情。不管他对你说了多么决绝的话，你都能不动声色地对他说没关系呀我喜欢你就够了。

你陪着他，只是为了让他觉得自己并不孤单。你对他好，只是为了让他能够在若干年后将你记起。你不离开，只是因为你知道你离开他就没有办法正常的生活。

多年以后你终于明白，真正的爱不是只有一个人在付出，而是彼此都在念着对方。可是你依然不会为从前的事情而后悔，不后悔你对他好，不后悔你陪着他，不后悔你死皮赖脸、遍体鳞伤，因为只有那时的你才知道曾经有多么爱那个人。

后来沈月做了很多让李大鹏无法接受、无法理解的事情，她以为那样就可以让李大鹏接受自己，可是她没有想到她的做法让李大鹏对她彻底失望。那次晚宴，沉默了很久的李大鹏终于爆发了，他说了很多不可原谅的话，沈月在那一瞬间泪流满面。

当你喜欢一个和你根本不可能的人的时候，你不怕他对你爱理不理，不怕他对你冷嘲热讽，不怕他从来都不给你任何一点温暖，但当他说出那句不可能时，你无论如何都无法接受。

你无法接受自己的付出没有得到一点回报，无法接受他甩着衣袖从你身边走开，无法接受他冰冷决绝的表情，更无法接受你的生命与他再也没有任何交集。

你知道你一直以来都是在骗自己，你对自己说只要能陪着他就够了，可是只有你知道你是多么希望他能给你一个拥抱。你对自己说他开心你就开心，可是每次他离开以后你都哭得像个泪人。你对自己说你希望他能幸福，可是当他真的牵起别人的手你觉得世界末日就要来了。

你觉得真不公平，付出了那么多，承受了那么多，到最后还是徒劳。你为他做过的所有的事情在你的脑海中翻腾，那些记忆令人崩溃，你觉得自己特别渺小，特别可笑，你觉得全世界都在嘲笑你。

可是你知道吗？爱情从来都不是公平的。不是因为你喜欢他，他就必须喜欢你。不是因为你对他好，他就必须感动。不是因为你遍体鳞伤，他就会给你一句抚慰的话。你所做的一切都是心甘情愿，其实你早就做好了最坏的打算。

你知道总有一天他会对你说出那些无比决绝的话，他会消失在你的生命里，你将一个人带着所有的回忆继续属于你的生活。

你始终都不愿意面对这些，始终都在欺骗自己，可是有些事情不会因为你的逃避而改变，有些结局不会因为你的恐惧而永远停滞不前。

所有出现在你生命中让你痛苦的事情，不是为了让你遍体鳞伤，也不是为了让你一蹶不振。那些事情只是为了让你明白，你是一个怎样的人，为了让你更加坚强勇敢，你会因此而过好接下来的生活。

再深的伤口都会慢慢地愈合，再漫长的旅程都会抵达终点，再让人绝望的事情都会有个结局。你要等，等到时过境迁，等到春暖花开，等到所有的伤痛都消失不见，那时候的你一定会是这个世界上最明媚的风景。

后来李大鹏牵着自己的羊驼在街角偶遇了沈月，他把手上的雪糕递给沈月。两个人时隔多年终于相视而笑，从前所有让人纠结无奈过的事情都像是过眼云烟，只剩下阳光静好岁月如初。电影没有交代任何结局，却引人遐想，所有人都觉得这段原本无望的爱情终于迎来了它该有的结局。

很多时候我们偏爱美好的结局不是因为内心有多么温暖，而是因为在现实生活中变得疲惫不堪的内心需要得到安慰。我们都曾对一些无能为力的事情报以幻想，最终却只能一笑而过。

也许在沈月离开后，李大鹏才开始念起她的好。她走后，再也没有一个人对他纠缠不休，再也没有一个人对他嘘寒问暖，再也没有一个人对他念念不忘。历经百转千回以后，他终于幡然醒悟。

每个曾对别人倾尽一切的人，最终都应该得到最好的归宿，可现实终究是现实，不是每个人都能像沈月一样那么执着，也不是每个人都像沈月一样能等到李大鹏的回头。

你告诉自己爱情的伤再也没有办法痊愈了，再也不会这么爱一个人了，再也不相信爱情了。你几乎把所有关于决绝的词语加在了自己身上，似乎这样就能接受发生在你身上的一切。

可是这些仅仅是一种心理安慰，事实上总有一天因爱情受过的伤会痊愈，你还会奋不顾身地去爱一个人，依旧相信爱情。你只是累了，累到开始封闭自己，累到疲惫不堪。

你活着，不是为了那些伤害过你的人，不是为了那些对你无动于衷的人。无论你遭遇了怎样的冷落，依然有很多人爱你，你的父母在离你很远的地方牵挂着你，你的朋友即使和你分开了很久依然在想念着你，真正属于你的那个人也会在遥远的未来一直等着你。

所以你要照顾好自己，因为不睡觉躺在医院里打着点滴的人是你，没有人会陪你吃药；因为不吃饭有气无力没精打采的人是你，没有人会因此怜悯你。

你必须告诉自己，过去的已经过去了，从今天开始你要为了自己而活着。你画很精致的妆容不是为了取悦任何人，只是为了让自己看着舒服。你细声细语温柔大方不是为了得到谁的夸赞，只是为了遇见更好的自己。你学习插花四处旅行不是为了让别人羡慕，只是为了丰富自己的内心。

亲爱的姑娘，愿你一直向前，就算跌跌撞撞，愿你看书写诗眉眼带笑，愿你勇敢去爱不怕辜负，愿你被爱伤过依然对感情热烈渴望，愿你一直等待终有所属。

睡在我上铺的兄弟（三）

有些词语让人看起来觉得满心欢喜，憧憬向往，听起来却让人觉得无比沮丧，哽咽流泪，譬如天长地久，譬如海枯石烂。

很多时候，我们都喜欢幻想永远，比如永远年轻、永远的好朋友、永远的爱情，可是等你长大的时候才明白其实根本没有所谓的永远。你以为可以永远年轻，却发现你和其他人一样都会衰老。你以为可以和你的朋友一直好下去，却发现你们和别人一样也会争吵。你以为的爱情可以天长地久，却发现你们不得不在某一天各自消散在人海。

你会发现再多的永远也抵不过一句现实，有些情景永远只能存在于想象之中，最终还是不得不去面对那些惨烈得让人难过的现实。可是这一切并不是你的错，你已经做了所有能做的努力，已经变得伤痕累累，没有多余的力气去抓住想要的东西。

生活就是这样，我们始终都在自己的人生轨迹中前行，不知道最终会去哪里，会有什么故事发生在自己身上，会遇见一个怎样的人。你路过某处美好的风景就想要永远停留，经历了某件跌宕起伏的事情就想要永远不会结束，遇见了某个让你心动的人就想要永远不分开。

管超遇到陆潇潇的时候，他们都还保持着青涩的状态，没有疯狂过，没有相守过，也没有深爱过。那一瞬间的眼神触碰，几乎是他们生命里最为强烈的一次心动。即使不了解彼此的过去，不清楚彼此的性格，他们还是走在了一起。

也许很多人的生命中都存在过这样一个人，他在你一个人生活了很久，已经习惯了孤身，开始觉得爱情可有可无的时候出现。你不想要参与他的过往，也很少去设想和他有关的未来，只是觉得此时此刻不能错过他，只是不想让自己后悔。

你原本以为自己是一个懒散的人，很多事情都可有可无，可是他的出现让你第一次想要牢牢地抓住一件东西。你开始用心地对一个人好，努力使自己变得优秀，做一切能让你们的感情更加长久的事情。

单身很久的人都会说一个人没有什么不好的，一个人可以想做什么就做什么，可以不去在意别人的想法，可以自由自在地四处旅行。可是只有你知道自己有多想在睡觉的时候听到一句晚安，在难过的时候多么需要一个拥抱，其实很想有一个人一直陪在你的身边。

当那个人出现的时候，你还是会心跳加速、面红耳赤，终于发现自己之前的想法是多么可笑。所谓一个人没有什么不好的，只是你用来欺骗自己的借口，所有的不将就都是因为想要遇到那个对的人。

两个从来没有爱过的人一旦遇到爱情就会用尽全力,管超和陆潇潇几乎把彼此当作了生命中最重要的存在。可是在人生的分岔路口,他们还是不得不做出选择。陆潇潇下定决心要出国,而管超不得不留下照顾卧病在床的母亲,曾经以为会天长地久的他们无论如何都不能接受这样的结局。对于处在热恋中的人来说,没有比分离更残忍的事情了。

你们好不容易在茫茫人海中相遇,最终却还是要各奔东西。你们为彼此付出了那么多,最后还是要成为素不相识的陌路人。你们费尽心思说服自己重新相信爱情,结果还是被伤得体无完肤。

你从来没有想过会失去他,从来没有想过会和他分开,从来没有想过会爱上除他以外的其他人。你知道无法做到微笑着看他离开,知道他走以后你需要很长的时间来疗伤,知道可能再也不会相信爱情了。

可是没有人会理你的感受,你在路边喝得烂醉也不会有人为你停下脚步,你在机场哭得昏天暗地也不会有人给你递上一张纸巾,你把你的日记本撕得七零八落也很少有人愿意充当你情绪的垃圾桶。

你努力熬夜工作,换来的却是他从你身边离开。你痛心疾首捶胸顿足,却只能任由一切发生。你拼命挽留哭成泪人,却还是只能看着他远去的背影。

你终于明白了什么是现实,现实不是你说一句不见不散就能天长地久,而是即使你说了不见不散仍然天各一方。现实不是你想和你爱的那个人走到天涯海角就能如愿以偿，而是你们可能走了还不到一半就不得不挥手道别。现实不是你和他在一起就是全世界，而是世界很大而你们只不过是再渺小不过的存在。

等你终于明白没有什么比你们的感情更重要，许多事情却早已无法挽回。等你终于愿意放弃所有与他厮守，他却早已不知去向何处。等你终于有能力守护你想守护的东西，你们却已经有了属于各自的生活。

你怎么会不难过呢？每次无论你们吵架吵得多么激烈，到最后都会有人先认输。每次无论你们多么生气，到最后都能给彼此一个拥抱。每次无论你们多想放弃，到最后都咬着牙坚持了下来。可是这次无论你们多么努力，都没能改变最终的结局。

你已经习惯了每天早上能听到他的声音，已经习惯了你身上有他的味道，已经习惯了吃饭的时候他就坐在你的对面，已经习惯了他在你不知所措的时候说一声没关系有我呢。

你会担心他一个人没有办法照顾好自己，会担心他难过的时候没有人给他一个拥抱，会担心他过马路的时候没有人牵着他的手，会担心晚上没有人帮他把蹬开的被子盖好。

你知道这一切再也与你没有任何关系了，你们将去往不同的城市，将拥有新的故事，将认识新的朋友，也将在各自身上发生新的故事。

有的人最终选择了相互折磨，曾经所有的深爱都变成了怨恨。你怨恨他对你许下那么多承诺，最终却什么都没有兑现。你怨恨他没有履行你们的约定，最后只丢下你一个人。你怨恨他走得那么决绝，自始至终都没有回头看你一眼。

可是无论你再怎么怨恨，都改变不了任何事情。所有的深爱即使被辜负了，仍然应该被小心地放置在内心深处。你们那么努力，不是为了像现在这样怒目而视。你们拼尽全力，不是为了最后要相互厌倦。你们拼死纠缠，不是为了最终的形同陌路。

有的人选择了默默释然，所有关于曾经的一切都被小心地搁置着。你明白你们都不想分开，只是你们已经无计可施。你明白你们都还爱着对方，只是你们已经无能为力。你明白你们都希望对方能过得很好，所以在分开的时候即使难过也会装作一副开心的样子。

因为号啕大哭只会使你们更加难过，所以你选择了努力微笑。因为歇斯底里只会使你们更加痛苦，所以你选择了默默祝福。因为依依不舍只会使你们更加心碎，所以你选择了挥手道别。

有些人在你的生命中盛装出席，不是为了照亮你的生命，而是为了让你知道你也可以变得很优秀，为了让你明白你可以把一个人照顾得很好，为了让你依旧相信爱情。

既然已经知道必须分开，就努力给彼此留下一个最美好的记忆。既然已经知道没有任何可能，就尽力把能做的事情都好好地完成。既然已经知道无法走到最后，就拼命一起走得更远一些吧。

也许你会难过很久，但一定会重新好起来的。你要努力变得更好，这样在下次选择的时候才不会这么无力。你要内心充满温暖，这样才能不让回忆里的那个人担心。你要始终相信爱情，这样才不会轻易错过下一段感情。

　　愿你们在彼此的世界里做一束温暖的阳光，愿你们不曾忘记一起走过的岁月，愿你们在漫长的人生旅途中不会迷失自我，愿你们爱过的人最终能被人深爱。

睡在我上铺的兄弟（四）

曾经看过这样一句话：很多人都相信时你也相信，那不叫相信；很多人不相信时你相信，那才是相信。真正的相信，是很难的。

而这样的相信很多时候都源于爱，只有你真正爱一个人的时候，才愿意那样不顾一切地相信他。即使所有人都说他是错的，你依然觉得他是对的。即使所有人都开始怀疑他，你依然坚定不移地相信他。即使全世界都抛弃了他，你依然默默地站在他的身后。

你相信他不是因为他是对的，而是因为你没有办法去怀疑他。你相信他不是因为他不会犯错，而是因为即使他错了，你仍然可以笑着原谅他。你相信他不是因为他是无辜的，而是因为你没有办法丢下他一个人。

因为你爱他，所以即使你被伤得遍体鳞伤，仍然会微笑着对他说没有关系。因为你爱他，所以即使你已经筋疲力尽，仍然会在他需要的时候给他一个拥抱。

你无数次地想要怀疑，无数次地想要放弃，可是你始终没有说出自己心中的疑问，而且你始终没有放弃。因为你一旦说出自己心中的疑问就不得不面对你被欺骗了的事实，因为你一旦放弃就不得不离开他的世界。于是你成了他的世界里最好的人，也成了全世界最笨的人。你不断地告诉自己不能放弃，告诉自己要坚持，明明很辛苦却依然觉得幸福。

高宝镜是在谢训最颓废的时候出现的，像很多老套的剧情一样，谢训为了高宝镜改掉了自己一身的毛病，一路奋发图强追着高宝镜考到了上海。他们的相遇是很典型的励志故事，谢训曾不止一次地想象过他们未来的生活。

刚到上海的时候，他们的感情好得让所有人羡慕。谢训很早就意识到了作为一个男人的责任，他通过自己的努力承担着自己和高宝镜的生活费，甚至很多时候他还要解决高宝镜家里大大小小的琐事。特殊的经历让他比很多同龄人都要成熟，而且那时他觉得一切都是值得的。

很多时候让人觉得疲惫的不是现实的残酷，而是你不管怎么努力都没有任何意义。我们每个人都会有自己拼命想要抓住的东西，比如梦想，比如爱情，比如一件再简单不过的东西。

你可以为了你的梦想不顾一切，只要最终你能活成自己想要的模样。你可以为了一个人拼命努力，只要你最后能陪他共度余生。你可以为了你想要的东西遍体鳞伤，只要你始终没有失去勇气。

即使有时候会很累，累到你一度想要放弃。即使有时候会很辛苦，辛苦到你觉得自己快要坚持不下去了。即使有时候会很绝望，绝望到你觉得自己再也不会好起来了。可是你还是没有放弃，而且你还是在坚持着，而且你还是好好的，因为你必须很努力才不会轻易被人超越，因为你必须很拼命才不至于绝望。你知道比起失望和绝望来说,你最害怕的是后悔。

在后来的一次聚会中,高宝镜认识了老吴,他们的感情遭受了有史以来最大的考验。老吴对高宝镜展开了疯狂的追求,对于面临毕业的高宝镜来说很多事情都没有办法拒绝。而发现端倪的谢训,只能一直小心翼翼地守护着。

上海的一切都对高宝镜有着莫大的吸引力,她不断地在现实与理想之间挣扎着。可是生活中很少有十全十美的事情,你选择了现实就不得不放弃理想,选择了坚守就不得不面对现实。

这注定是一场不公平的对局,作为学生的谢训根本无法跟事业有成的老吴抗衡。他在学校开起了小卖铺,在礼拜天的时候跑去车站接民工,甚至自己拿起那些工具只为了一点微薄的工资。可不管他再怎么努力,终究还是敌不过现实。

那天晚上谢训等了很久终于等到了高宝镜,可是提着大包小包从豪车下来的高宝镜让他无法接受。谢训不断地质问着,高宝镜不断地解释着,最终谢训还是选择了相信高宝镜,他没有办法怀疑他们多年以来的感情。

谎言终究是谎言,无论它听起来多么的真实,无论你多么愿意相信它,最终都不得不面对你被欺骗了的事实。在老吴的特意安排下,谢训终于对高宝镜彻底失望。

很多没有失恋过的人都无法理解失恋人的举动,有些事情只有自己经历了才能明白。你以为自己永远不会因为爱上一个人又失去而难过,可是等你失恋的时候才真正了解到你比谁都痛苦。你以为自己永远不会对一个人念念不忘,可是等你失恋的时候会发现整个世界都要崩塌了。

可你还是没有办法去讨厌她,还是没有办法听别人说她不好,还是没有办法看着她难过。你说起她的时候依旧是眼角带笑,别人说她不好的时候你还是会为她反驳,她难过的时候你还是会想要陪在她的身边。

高宝镜是谢训拿生命去爱的人,他为了高宝镜努力地考到上海,为了高宝镜放弃了学业,为了高宝镜把自己搞得疲惫不堪。即使明知道两个人再也没有可能了,谢训还是想要留下他们唯一的记忆。

你不知道需要多久才能将一个人彻底忘记,也许是很久。你不知道需要多久才能重新好起来,也许很漫长。你不知道需要多久才能重新爱上一个人,也许很难。

等谢训终于慢慢放下高宝镜的时候,高宝镜又重新出现在了他的生活中。两个真心相爱的人,无论经历了怎样的翻天覆地,无论经历了怎样的泣不成声,再重新相遇的时候都能放下所有芥蒂重新拥抱在一起。

所有人都在劝你不要重蹈覆辙,可是你依旧一腔热血义无反顾。所有人都在冷眼旁观,可是你依旧跌跌撞撞却满心欢喜。所有人都在摇头叹息,可是你依旧奋不顾身全力以赴。所有失而复得的感情都会让人加倍珍惜,因为经历过失去的痛苦,才会更加懂得拥有的幸福。

你愿意拼尽全力,只为了回头时能看到她的微笑。你愿意倾尽所有,只为了疲惫时能得到她给你的一个拥抱。你愿意奋不顾身,只为了再也不去经历失去的痛苦。你甚至有时候在想，如果她能够幸福，你愿意从此消失在她的世界里。

谢训开始更加拼命地挣钱，为此他的学位证已经变得岌岌可危。对于这一切高宝镜并不知情，直到管超把实习意向表送到了他们的出租屋。那天高宝镜想了很久，最终还是决定离开谢训，她不想因为自己而影响谢训的前途。

谢训每天起早贪黑让她心疼，谢训满手的血泡让她心疼，谢训自毁前途让她心疼。她怎么会不明白呢？她亏欠谢训的已经太多了，离开是她唯一能为谢训做的事情。可是谢训从来没有真正怪过高宝镜，无论高宝镜做了什么他都可以原谅。

她说错了话你可以原谅她，因为你知道她不是故意的。她做错了事情你可以原谅他，因为你相信她会改正的。她离开了你，你可以原谅她，因为你明白她是想让你变得更好。

等到谢训终于存够钱买了车的时候，高宝镜已经离开上海了。很多时候就是这样，当你好不容易决定陪她去她想去的地方的时候，她已经不再向往远方。当你好不容易成了她想让你成为的那种人的时候，她已经不爱你了。当你好不容易能给她想要的那种生活的时候，她已经有了属于他的生活。从此你们之间只剩下彼此怀念、天各一方。

但是你只能接受这一切，因为你没有办法左右她的想法，也没有办法预知你们的结局。你只能付出全部努力，不管结局怎样也不至于后悔。

愿你们彼此怀念，从此不再相见；愿你们变得更好，始终不断前行；愿你们一直去爱，从未有过失望；愿你们各自安好，隔着人海相望。

从你的全世界路过

世界有时候看起来很大,大到两个相爱的人一不留神就可能消散在了人海之中。世界有时候看起来很小,小到两个相爱的人即使远隔重洋也会在世界的某个角落不期而遇。

这个世界对于所有人的意义不是它有多么庞大,因为你永远不能走遍这个世界的每一个角落,甚至很多人一生都没去过多少地方,它的真正意义在于让你成为真正的自己,拥有你想要的生活,并最终找到你想要一起共度余生的人。

很多事情都让你觉得怀疑,你找到一座想要待一辈子的城市却不得不很快搬走,于是开始怀疑会不会一辈子都在流浪。你有自己很喜欢、很喜欢的事情却不得不每天都在做着自己厌恶的事情,于是开始怀疑也许永远都要违背自己的心意。你遇到一个自己真心喜欢的人最后却不得不分开,于是开始怀疑或许永远都不会得到幸福。

所有的事情都令人沮丧,你鼓起勇气燃起的热情之火被不断浇灭,拼命付出却被打击得奄奄一息,实在无法在这个世界发现任何美好。你慢慢地习惯了这样的沮丧,从前你说那些轻易放弃的人都是胆小鬼，可是现在你正变得和他们一样。

当你重新找到一座让你觉得欣喜的城市，不再想要停留只是匆匆路过。当你重新记起最想做的事情，不再感到激动而是一笑了之。当你重新遇到一个让你感到很舒服的人，不再拼命地想要抓住而是顺其自然。你说你已经累了，你说你已经没有想要的东西了，其实你只是害怕了，害怕在别人眼里活得像个傻子，害怕付出了也没有任何意义，害怕即使拼命努力争取最后还是要面对离别。

全世界都知道王伟对燕子好，全世界都知道王伟不会离开燕子。在所有人都怀疑燕子的时候，只有王伟坚定地相信，他在所有人异样的目光中陪燕子上课，陪燕子吃饭，陪燕子自习。他只是想让燕子知道即使全世界都不要她了，自己也不会离开她。

王伟拼命打工，只是为了让所有人知道燕子是被冤枉的。他每年给燕子寄钱，只是为了想让燕子完成自己的梦想。王伟省吃俭用攒钱，只是为了想给燕子一个家。燕子开心他就开心，燕子难过他比燕子还要难过，燕子和他通一次视频他都能高兴很久。

后来王伟终于等到燕子回国，他准备了婚房，布置了酒店，以为这么多年的等待终于有了结果。所有宾客脸上都带着笑容，可是燕子却说出了让王伟绝望的话，几近崩溃的王伟强撑着完成了那场典礼。

燕子走的时候，王伟说了很多没关系的话，也说了很多祝福的话。王伟以为自己可以笑着看燕子离开，可是车窗关上的一刹那王伟还是崩溃了。王伟像疯了一样追着出租车奔跑，一路上声嘶力竭地喊着，过了很久筋疲力尽的王伟跌坐在了地上。

燕子离开后，王伟和几个大学时的朋友坐在大排档门口聊天。他喜欢了燕子那么多年，为燕子付出了那么多，虽然燕子最后走了他也不允许别人诋毁燕子，即使是他最好的朋友也不行。

当你真的很喜欢一个人的时候就是这样，不知道做的一切有没有意义，不知道他会不会感动，不知道他会不会喜欢上你，可是你就是想对他好，因为你没有办法看着他受委屈；可是你就是不忍心离开他，即使你的尊严早已散落一地；可是你就是没有办法放弃，因为你不知道是否还能遇见这样一个让你奋不顾身的人。

荔枝在遇到茅十八之前有过一段即将步入婚姻的感情，去民政局登记的那天她等了很久都没有等来那个人，对于一个女孩子来说这几乎是最残忍的事情。很多人都曾经在爱情里受过伤，你以为永远都不会伤害你的那个人轻而易举地就背叛了你，经历过这样的事情以后无论是谁都需要很长的时间去疗伤。

后来荔枝开始对茅十八穷追不舍，对于她来说真正需要的不过是一个不会说谎也不会背叛的人。情深意切不过是过眼云烟，海誓山盟不过是岌岌可危，天长地久也只能一笑而过，真正的陪伴往往没有多么惊天动地，两个人还没有来得及察觉就已经走到了白头。

女追男隔层纱，很快茅十八就溃败在了荔枝的攻势里。茅十八原本以为自己会坚持追逐自己的梦想，可是他为了荔枝开起了家电商店，开始为了生活而认真地努力着。

无论你有过多么伟大的梦想，在你遇到想要共度余生的那个人的时候都会毫不犹豫地选择生活。曾经你的无所顾忌不过是因为你没有牵挂，如今你有了自己想要保护的人，几乎会在瞬间成熟起来。你不会让她陪着你颠沛流离，不会让她和你一同承受现实的摧残，不会让她和你一路跌跌撞撞风霜雨雪。

最后茅十八为了保护荔枝失去了自己的生命，经历了短暂幸福的他们终于还是迎来了永别。他为了荔枝放弃了梦想也失去了生命，从来没有说过任何甜言蜜语却用自己的行动证明着一切，为荔枝准备了浪漫的求婚却没能陪她走到最后。

有的爱情就是这样，轰轰烈烈然后戛然而止。旁观的人都会为之叹息，而身处其中的人却能平静地面对结局。因为真心相爱，所以不会为了一点得失而斤斤计较。因为付出了一切，所以在失去的时候不会有任何的遗憾。因为不愿辜负，所以只剩下一个人也会努力过好自己的生活。

陈末和小蓉在大学时就是广播站的搭档，他们有过让人羡慕的青春岁月，却在面对现实的时候分道扬镳。可能你以为你们会一起去每个你们想要去的地方，但现实是你们策划了很久都没有出发。可能你以为你们之间会发生许多故事，但现实是你们的故事在生活的打磨下很快变得模糊不清。可能你以为你们永远也不会分开，但现实是你们在坚持了一段时间后还是选择了妥协。

陈末为了挽回小蓉做了很多看似幼稚的事情，在所有人看来他都是一个不折不扣的傻瓜。可是只有你知道,你念念不忘是因为你无法忘记,你一直折腾是因为你还在相信。

但是时间从来都不会因为任何人而停留,它轻易地就将原来无比深刻的东西变得轻描淡写,你终于发现你们再也无法回到从前。你们依然记得彼此却不得不一直前行,你们依然为过去感动却已经有了各自的生活,你们依然会去怀念却只能点头微笑。

直到"幺鸡"出现在了陈末的生活中,在所有实习生都对他避之不及的时候只有"幺鸡"坚定地站在他面前。"幺鸡"在很小的时候就听过陈末的节目,陈末的声音陪她度过了无数个夜晚,所以她一直想要和陈末一起工作。

即使陈末已经开始颓废,"幺鸡"依然把他当作自己的英雄。即使所有人都不再对陈末抱有希望,"幺鸡"依然在默默地鼓励着他。她可以接受别人的辱骂,却不允许任何人说陈末的坏话。她可以没有自信没有尊严,却无法看着陈末自暴自弃。

当一个人一直陪在你身边的时候你很难察觉到他的好,可是当他离开的时候才觉得自己失去了很重要的东西。陈末在"幺鸡"离开后一个人去了稻城,开始了漫长的等待。虽然他也不知道自己的等待会不会有结果,可这是他唯一能做的事情了。

所幸陈末最后等到了自己要等的人,关于他们的故事也终于有了一个完整的结局。

无论最后的结局是不是你想要的模样,也无论最后的结局你是否想要接受，都必须面对。你爱过一个人却无疾而终，这只是为了让你明白不能事事如愿。你被人爱过最终泪流满面，这只是为了让你懂得终将会与你的爱情不期而遇。

你可以为自己想做的事坚持很久，要走很远才能去到你想去的地方，要很幸运才能遇到属于你的那个人。所以你要一直努力即使看不到任何希望，所以你要始终前行即使感到十分疲惫，所以你要永远相信即使已经遍体鳞伤。所有这一切，都是为了让你能感悟生活，感悟生命，过上自己想要的生活。

第三章

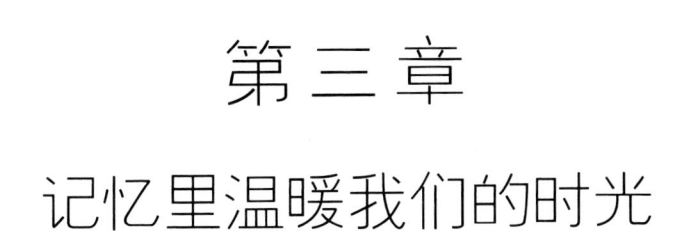

记忆里温暖我们的时光

你不断远行，他们却在原地等你

生命中一定会出现很多人，他们中的一些人只是从你的生命中路过，无论你和他们经历了多么刻骨铭心的事情，最终都要挥手道别；而另一些人，你甚至想不起和他们一起经历过什么，可他们却一直留在你的生命里从未离开。

你们高唱着当时的流行歌曲走过城市的大街小巷，总是嘲笑着彼此，却在对方受委屈的时候第一个站出来。你们总是嫌弃着彼此，但对方遇到困难的时候你从未缺席。

你们总是会在放学后排队吃一碗麻辣烫，顺便讨论一下班上某个漂亮的女生。你们总是会在骑车的时候拍一下对方的肩膀，然后加快速度骑到下一个红绿灯。你们总是会在下课的时候谈论那本最新出的小说，然后为了主角的最终命运争得面红耳赤。

你们都对班上绑着马尾认真学习的那个女生嗤之以鼻，却趁别人不注意的时候偷偷给那个女生包里塞了一封情书。你们都对某位以严厉著称的老师深恶痛绝，却不得不在第二天恭恭敬敬地交上自己的作业。你们都说要在某天一声不吭地跑到自己喜欢的城市，却都老老实实地在原来的城市待到了毕业。

明明未来还很远，你们却总是摆出一副惆怅的模样。明明青春还没有结束，你们却开始说着一些怀念的话。明明自己还很年轻，却偏偏要装作一副饱经风霜的样子教育别人。

L一直都是一个很干净的人，那时候的他还没有开始颓废，眉眼间都是那个年纪独有的安然与寂静。比起当时总是想太多的我来说，L显得沉稳了很多。可能是因为看了太多心灵鸡汤的缘故，无论我遇到了怎样的事情，L都有办法让我变得释然起来。

那时候的L总喜欢拉着我去打球，无奈我始终对打球提不起兴趣，所以很多时候我都看着他一个人在球场挥洒汗水。留着长发的L对当时的很多女孩都有着莫大的吸引力，很多喜欢过他的女孩直到现在还跟他保持着联系。

印象最深的是一个叫晓云的女孩，那时候的她每天都会给L带早餐，并且在早餐的下面压一封信。每次音乐课的时候，晓云都会想办法换到L的旁边，直到后来L的同桌不堪其扰才作罢。

晓云是一个很爱哭的女孩，L不理她她会哭，L没有吃她带的早餐她会哭，L没有给她回信她，也会哭。后来所有人都对晓云的哭泣习以为常，每次她哭泣的时候大家都会有意或无意地向L那边瞟上两眼。

我问L喜欢晓云吗，L说不讨厌。我问L会感动吗，L很诚实地点点头。我问L为什么不在一起呢，L说因为他给不了别人未来。我又问L会内疚吗，L说会。

拒绝对于L来说是一件很困难的事情，可L还是对晓云说出了那些拒绝的话。L说他和学校里的那些男生不一样，他知道不是每天互道早晚安就会觉得难舍难分，不是说些甜言蜜语就会天长地久，不是装作严肃的信誓旦旦就能够一起走到生命尽头。既然给不了别人未来就不要轻易承诺，既然知道没有结果就不要去随意尝试，既然没有把握就不要给别人希望。

这件事情结束以后，L骑着摩托载着我在城市绕了一圈又一圈，风像箭矢一样从我们耳边穿过，两旁的风景不断地模糊着，像是迅速凋零的花朵。那时候的我们总喜欢将摩托车骑得飞快，无论是谁在驾驶我们都会安安心心地坐在后座。

总有些人会让你没理由地相信，虽然这个世界上有很多糟糕的事情，但你相信它们不会发生在你们身上。虽然这个世界上有很多让人无奈的事情，但你相信所有的困难你们都能够克服。虽然这个世界上有很多事情让人怀疑，但你相信你们的感情可以一直持续下去。

而升学的压力也开始日益逼近，几乎每个人都开始换上了一副忧心忡忡的表情。有人把卷子揉成一团塞进桌子里，却在下一秒把卷子重新展开认真地做了起来。有人对着惨不忍睹的成绩默默流泪，却很快擦干眼泪把错题抄到错题本上。有人对着镜子里重重的黑眼圈说再也不要起那么早了，却在第二天准时出现在了空无一人的操场上。

可是L的成绩却每况愈下，无论他怎样努力都收效甚微。那时候L的家里给他报了很多补习班，每次我见到L的时候他都是一副疲惫不堪的样子。有很多次他都对我说自己快要坚持不下去了，不知道每天重复那样的生活到底有什么意义。

L说自己从来都没有想过以后要成为一个多么出色的人，这个世界上不光要有将军，也要有甘心做士兵的人，他不想去做将军，只想成为一名好的士兵。

而我那时候即使被学习压得喘不过气来，仍然会在空余时间写下一些文字，我和L一样都不知道这样做会有什么意义，只是觉得努力一些就可以离自己想去的地方近一点。由于那时候一个月只能回一次家，所以几乎所有的文字都是L帮我敲到电脑上的。

可能有时候全世界都不相信你，但只要有人一直站在你身后，你就有了坚持的勇气。可能有时候所有人都在质疑你，但只要有人给你一个微笑，你就能继续没心没肺地奔跑下去。可能有时候连你都在怀疑自己，但只要有人对你说声加油，你就可以热泪盈眶地坚持下去。

他明知道你在做一件不知道结果的事情，可还是愿意义无反顾地陪你疯狂。他明知道你可能说了一句很傻的话，可还是愿意和你一起去面对所有人的嘲笑。他明知道你有很多无可救药的缺点，可还是愿意笑着对别人说你是他见过最好的人。

陪伴就是这样，你们不一定要一同去过多远的地方，不一定要一起经历过多么刻骨铭心的事情，不一定要有多么难以忘怀的记忆，仅仅是在你需要陪伴的时候，有人在你身边就够了。

当你想旅行的时候，他会二话不说和你一同背起行囊。当你打球受伤的时候，他会架着一瘸一拐的你走出球场。当你失恋的时候，他会恨铁不成钢地骂你却在背地里为你担心。当你喝醉的时候，他会不声不响地陪你在路边坐到天亮。

直到高考前夕，L的成绩还是没有起色，我们最终去了不同的城市读了不同的学校。我们曾不止一次地说过大学也要在一起，可最后还是输给了现实。

L对我说你一定要成为一个优秀的人，他可能做不了那个陪我远行的人，但会做一个在原地等我的人。他说一桌菜，无论什么时候他都为我备着。

我们都应该选择过属于自己的生活，无论你有多么不舍，也无论有多少遗憾，生活不会因为你的不舍而停下脚步，生活也不会因为你的遗憾而轻易地改变对你的态度，你终将明白所有不舍和遗憾都只能留给自己。

现实的残忍之处不在于它把每个人变得面目全非，而在于它可以使每个人都不得不面对现实。你开始习惯了身边人的离去，开始习惯了各种失败与打击，开始习惯了人情世故和做作虚假。你学着去夸赞邻居家的小孩，学着去修理漏水的下水管，学着去炒一两个简单的饭菜，学着一个人拖着行李箱四处奔走。

但你们共同拥有过的时光从未真正的消失，你会在背单词的时候想起你们曾经偷看过的小说，会在旅行的时候想起你们去过的某个地方，会在路过某所中学的时候想起你们勾肩搭背的样子。

当你穷得只能吃得起泡面的时候你还是会给他打电话，当你失恋的时候还是喜欢和他一起吹牛,有时候你甚至觉得你们从未分开,只是暂时厌倦了彼此。

愿你们即使被生活所累仍能找到自己,愿你们即使在人海浮沉却不感到委屈,愿你们即使步履艰难却不曾失去方向,也愿你们的豪言壮语最终都能成为现实。

藏在奶茶店里的秘密

大概每个女生都曾拥有过一位闺密，关于闺密的话题我问过很多人。有人说闺密是和你一起躲进被窝分享各种八卦的人，是陪你一起疯、一起闹的人，是和你一起穿着裙子淋雨的人，是在你失恋的时候陪你失声痛哭的人。

你们对班上某位更年期的老师深恶痛绝，并一起给她起了很多外号。你们喜欢哼唱当时的一首流行歌曲，并在桌子上把歌词抄了一遍又一遍。你们对篮球场上那个最高的男生一见钟情，并偷偷地在脑海里幻想着偶像剧中的剧情。

你们明明很胆小，却非要装作一副无所畏惧的样子去看恐怖片，结果整个放映室都回荡着你们的尖叫。你们的脸皮很薄，却非要摆出一副司空见惯的样子去向喜欢的男生表白，结果脸上的绯红一个礼拜都没下去。

你们曾一起在大街上疯疯癫癫，即使路人纷纷侧目也毫不在意。你们曾在地理课上凑在一起研究地图，商量着放假以后该去哪里玩儿。你们曾给对方拍过许多照片，即使塞满了好几个相册还是心有不甘。

你和她约好了以后的生日都要一起过，如果谁失约就罚谁不许吃蛋糕。你和她约好了以后谈了男朋友都要给对方先过目，否则就当众揭发对方的囧事。你和她约好了要让对方在各自的婚礼上当伴娘，不然就在对方的婚礼上大闹三百回合。

小谢当时是班上年龄最大的女生，那时候她几乎每天都要承受来自别人的恶意，因为她的相貌，因为她的体重，还因为她惨不忍睹的成绩。

有人在小谢回答问题的时候抽走她的板凳，然后对着坐在地上狼狈至极的小谢扮鬼脸。有人趁小谢不注意的时候在她背后贴上不堪入目的字条，然后跟在小谢的后面看别人对她指指点点。有人把小谢写好的作业扔到教室的水桶里，然后看着小谢手足无措的样子大笑。

那时候的小谢终日以泪洗面，她说她从来都没有觉得上帝是公平的。这个世界上有人生得漂亮，有人身姿曼妙，有人天生聪慧，甚至有的人可以说面面俱到，可她有的却是任人嘲笑的外表和连自己都无法直视的成绩。

但是小谢说这些都没有关系，有人貌美如花让人赏心悦目，就得有人作为配角任人取笑；有人身姿曼妙让人流连忘返，就得有人作为陪衬默不作声；有人冰雪聪明让人赞不绝口，就得有人愚钝至极遭人冷眼。我想，大概那时候的她已经习惯了这些各式各样的恶意。

小谢的父母在她很小的时候就离婚了,所以在人际交往方面她一直有很大的欠缺。她不懂得要把自己的零食分享给身边的同学,不懂得要等待一起去洗手间的同伴,甚至不懂得在受人帮助后要说一声"谢谢"。虽然在这期间也有人对小谢表达过善意,但那时候的小谢就像浑身长满刺的刺猬,几乎所有人和她接触过一次以后都开始退避三舍。

直到高二分班的时候军军转到我们班,小谢孤立无援的境地才有所改善。用现在的话来说,那时候的军军是一个彻头彻尾的女汉子。她能在所有女生都对着讲台上的老鼠尖叫的时候,淡定地拿着扫帚把老鼠扫到门外。她能在联欢晚会的时候,一个人搞定从策划到实施的全部工作。她能在篮球比赛裁判出现误判的时候,一个人叉着腰把裁判驳得体无完肤。

在目睹了一次别人对小谢的欺负以后,军军拉着小谢的手,指着那个人的鼻子说:"别人长什么样关你什么事,你怎么不照照镜子看自己长什么样?别人胖不胖和你有什么关系,人家是吃你家一口饭了还是喝你家一口水了?别人考多少分是碍着你了还是怎么着,比你成绩好的人那么多你怎么不说?"

当所有人都为军军的气势折服的时候,军军又转过头对小谢说:"你说你也是,别人那么欺负你,你都不知道生气呀?你爸妈都没有这么说过你,别人凭什么这么对你?"可是说着说着军军的声音就低了下来,因为在她面前的小谢已经泪流满面。

相遇的美好之处就在于当你对自己失望透顶的时候,当你以为自己会一直孤独的时候,当你开始选择不再挣扎的时候,有个人出现在你面前,给你一个微笑或者一个拥抱,让你重新开始相信生活,让你重新去为了自己而努力。

在接下来的日子里再也没有人欺负过小谢,也没有人再说过小谢的一句坏话。小谢开始每天只吃一顿饭,并且坚持跑步。军军给小谢讲过的每道题她都会认真地再做一遍,不懂的就先记下来。一直到毕业,军军都陪在小谢身边。在小谢生日的时候军军把一根紫色的绸带系在小谢头发上,对小谢说:你是一个很漂亮的姑娘。

我们很多时候也是一样,有时候你不知道自己到底做错了什么而要遭受所有人的非议,有时候你不知道自己究竟哪里不好而要被人嫌弃,有时候你不知道自己要怎么做才能消除别人对你的误解。可是你不一定要让所有人都喜欢,也不一定非要让所有人都满意,只要有一个人懂你就够了。

小谢一定会庆幸自己的生命中曾经出现过军军,感激她陪自己度过了一段美好的时光。她带着光芒将自己从泥沼中拯救出来,才使得自己的青春没有在刀光剑影中虚度。

你们或许会因为一件小事闹得不可开交,甚至到了大吵大闹的地步;或许会因为自己的偶像争得面红耳赤,甚至到了厌恶彼此的地步;或许会因为一个男生而变得剑拔弩张,甚至到了快要绝交的地步。

你们明明知道是自己有错在先,却谁都不愿意先开口承认错误。你们明明知道自己离不开彼此,却偏偏为了少女的自尊心纠结。

你们明明已经为对方精心挑选好了礼物，却非要嘴硬说是随便买来的。

可是当你被人欺负的时候，她还是会第一个站出来为你说话，当你受委屈的时候，她还是会微笑着给你一个拥抱，当你生病的时候，她还是会义不容辞地守在你身边。

你认为这个世界上没有比她更糟糕的人了，可是在你需要陪伴的时候待在你身边的还是她。你以为你还会有许多朋友，可是只有她才是最懂你的那个人。你觉得永远都不会孤独，可你还是会忍不住偷偷想念她。

后来你们各自去了陌生的城市，开始了各自新的生活。你们在打电话的时候回忆起了过去的点点滴滴，时而嬉笑怒骂，时而默不作声，在快要挂电话的时候你们说终于摆脱你这个麻烦了，却在挂电话的瞬间不约而同地哭成了泪人。

你偶尔还是会想和她一起吃学校门口的小吃，却只能对着眼前的工作发呆。你偶尔还是想要和她一起走遍家乡的大街小巷，却只能对着窗外的川流不息失神。你偶尔还是会记起你们叠过的那些千纸鹤，却只能捧着玫瑰对你身边的人微笑。

你开始只对她说一些好玩的事情，因为你知道她会为你担心。你开始对自己正在遭遇的事情绝口不提，因为你知道有些事情必须自己面对。你开始懂得珍惜每次的见面机会，因为你知道以后的见面会越来越少。

你们曾经无比渴望的事情如今离得越来越近，穿起了高跟鞋，举行了各自的婚礼，拥有了各自的家庭。当这些事情真的如约而至的时候，你们才发觉当初的自己是多么的天真。虽然你们偶尔还是会没心没肺地大笑，却不得不很快回到自己的生活。

愿你每天早上都能收到一束花，愿你下班以后有人在等你，愿你刀枪不入学会生活，愿你昂首挺胸无所畏惧。

一起挥霍的那些年

在我们的生命中，总是有很多事情无法避免，比如迷茫，比如选择，比如等待。你总是轻而易举就陷入迷茫的情绪中，然后开始变得无所适从。你总是不得不做出一些很艰难的选择，然后独自面对忐忑与不安。你总是会面临一段漫长的等待，然后开始期待模糊不清的未来。

在很多时候，你都不愿意去面对这些事情，因为当你迷茫的时候会开始怀疑许多事情，开始怀疑当下的生活，开始怀疑一直在努力去做的事情，开始怀疑努力的意义，甚至开始怀疑人与人之间是否存在真正的感情。

当你面临选择的时候，会面临前所未有的纠结，因为你选择了一样东西就不得不失去另一样东西。你选择了旅行就不得不失去舒适的假期，选择了感情就不得不失去一些自己原本的个性，选择了梦想就不得不失去安稳的生活。

而当你等待的时候，会觉得焦虑几乎霸占了你的整个生活，因为你既不知道需要等待多久，也不知道会等到一个怎样的结果。你无法面对一个从来都没有想过的结果，更无法接受自己付出过的所有努力都变得毫无意义。

可生活就是这样，有些事情无论你多么想要去逃避，最终还是要去面对。其实很多时候，所谓的逃避只是推迟了你面对现实的时间。你今天逃避了迷茫，明天还是会为了许多事情发愁。你今天逃避了选择，明天还是不得不割舍一些事情。你今天逃避了等待，明天还是不得不面对一个结局。

云是我中学时的朋友，记忆里的他在所有人都过着紧张学习生活的时候，一个人自得其乐。据说在小的时候，云一直是那个别人家的小孩，去别人家做客彬彬有礼，毫不费力就能取得很好的成绩，外加写得一手漂亮的好字。

可是在我认识云的时候，这些光芒已经变得荡然无存。那时候的他总是混迹在一些社会青年当中，举止显得格格不入。

我问过云为什么选择这样的生活，他很认真地看着我的眼睛说，因为我不快乐。正当我快要笑出声的时候，他又正色道以前他总是在扮演着那个别人家的小孩，一本正经，用功读书，可是从来没有感到快乐，也没有拥有过真正的朋友，那样做只是为了满足父母的期待。

他又说其实他一直都很讨厌优等生，觉得人一辈子最重要的就是感情，以前作为优等生的时候很多人都觉得和他有距离感，现在反而拥有了许多很好的朋友。

那时候的我听完云的这些话，不知道该说些什么。我们在很多时候都喜欢对别人的生活做出评价，关于别人的一句话，关于别人的一个举动，关于别人的某段感情。可是在很多时候我们都只是在以局外人的身份观察着一切，当你觉得别人说了一句很傻的话的时候，可能他正在经历一段很漫长的煎熬。当你觉得别人做了一件无法理解的事情的时候，可能他刚刚做出了一个很艰难的选择。当你觉得别人正处在一段不被认可的感情的时候，可能他一直都在很小心地坚持着。

记得那时候他喜欢过一个比我们低两届的女生，虽然云在许多方面都有很多想法，但是在追女生这方面似乎仅限于每天送一瓶营养快线。后来云才知道那个女生已经有男朋友了，但还是每天乐此不疲地送着营养快线，似乎那已经成了他的一项日常消遣。

事情的高潮发生在半年以后，云在楼道里撞见那个女生的男朋友正在训斥她，当时他装作什么都没有看到默默地回到了教室，几乎一整天没有怎么说话，一个人盯着后排的窗户发呆。

第二天早上同学都在议论那个女生的男朋友被云教训了的消息，云因此被全校通报批评。直到最后那个女生也没有和云在一起，我问云值得吗，云说我帮她出气不是为了让她和我在一起，而是因为我看不惯欺负女生的人。

有时候你喜欢一个人，她不喜欢你没有关系，对你不好没有关系，甚至讨厌你都没有关系，但是你就是见不得她受委屈，就是不能看她哭泣的样子，就是无法容忍别人欺负她。哪怕会被她误解很久，你也要帮她出头。

云说他从来没有想过会祝福别人，以前总以为喜欢就要在一起，可是当你真的很喜欢一个人的时候，在一起反而成了次要的事情，你会不自觉地为他担心，无论最后你们有没有在一起，都希望她能够幸福。

后来我和云去了不同的学校，但是关于他的传闻一直都没有间断过。我不知道他有没有成为自己想要成为的人，但是他终于过上了自己曾经向往的生活，比我们低很多届的孩子在谈起他的时候眉眼间都是崇拜。

再见到云的时候已经是大学了，他剪去了自己曾经引以为傲的长发，留起了干脆利落的短发，浑身上下没有一丝当年的不羁。

我问云关于以后有什么打算，他只说了两个字：挣钱，然后便是良久的沉默。之后他又接着说，这些年他耳边的说教一直没有停止过，总是有人告诉他什么是对、什么是错，但是他从来没有改变过自己的想法，也许以后他会过上安稳的生活，但是这些年陪在他身边的人他会永远记得。

或许你曾因为少不更事挥霍过一段时光，直到过了很久才幡然醒悟。或许你曾因为被人伤害而消沉了很久，直到许多年以后才能重新面对生活。或许你曾因为遭遇了失败而万念俱灰，很长时间以后才开始重新振作。

你永远不知道自己会经历怎样的事情，会到怎样的地方，遇见怎样的人，所以请无论如何都不要害怕经历这些事情，更不要因此怨恨自己。因为我们只不过是普通人，失败了会有些难过，迷路了会有些担心，被伤害了会有些恐惧。

以前你总以为成长是轰轰烈烈的，以为要做过很多事情才能知道自己想做什么，以为要去过很多地方才能知道自己想要在哪里停留，要爱过很多人才能明白什么是爱情。直到最后你才发现有时候磕得头破血流都无动于衷，有时候走着走着就觉得自己该长大了。

在成长的过程中你会学到许多东西，会因为遭遇了失败而变得更加强大，会因为做错了事情而学会承担责任，会因为被人伤害过而学会保护自己，会因为坚持了很久而相信努力的意义。

当然更重要的是在这个过程中一直陪着你的人，你们可能一起做了很多荒唐可笑的事情，说过很多豪言壮语，为未来做了很多打算，在不经意间就陪彼此走过了很多个年头。

虽然最后你们还是不得不彼此分开，但是那些荒唐可笑的事情在许多年后仍然是你吹嘘的资本。虽然最后你们还是不得不面对生活，但是那些豪言壮语你现在听起来依旧觉得热血沸腾。虽然最后你们还是不得不做出自己的选择，但是那些对未来的打算即使没有实现你也不感到遗憾。

即使你们不在同一座城市，当你遇到困难的时候他们还是会义不容辞地来到你的身边。即使你们有了各自的生活，当你看到那些意气风发的少年时还是会想起你们从前的生活。即使你们很久都没有见面，当你们坐在一起时还是会喝得天昏地暗。

愿你有过许多梦想也做过很多事情，愿你去过许多地方也感受过许多人情世故，愿你有过许多感情却只爱一个人，愿你流浪了很久最终还能学会拥抱自己。

并肩走过的那个季节——关于分数

每年的六月都会有许多人迎来毕业,在最后一堂考试结束后每个人都将和自己的过去道别,迎来各自新的生活。

有的人会将自己做过的所有试卷和用过的所有书一股脑儿地扔进垃圾桶,并大声呼喊着"毕业万岁"。有的人会将自己用过的所有东西仔细地收拾一遍,留作青春的纪念。有的人会一言不发地绕着学校走上很久,然后头也不回地开始新的生活。

你曾不止一次地想象过毕业后的场景,说一定要在高考结束后睡上三天三夜,结果还是在第二天六点就睁开了眼睛。你说毕业后一定要来一场说走就走的旅行,结果只是在家里看了一个暑假的电视剧。

一场高考似乎用光了所有人的力气,原本活跃的班级群里现在很少有人冒泡,那些叫嚷着要组织活动的家伙如今不知道跑去了哪里,就连你们常去的那家桌游吧也变得空空荡荡。

你抱着篮球兴冲冲地去了学校的篮球场,结果发现只有光秃秃的篮球筐在太阳底下反光。你怀着期待去了学校对面的那家奶茶店,结果发现空无一人。你百无聊赖地去了光顾过无数次的那家书店，结果发现没有自己想看的书。

这时候你才意识到真的毕业了，再也不用每天起得很早去上早操，再也不用被一堆作业折磨得死去活来，再也不用为了做完一张卷子而喝着咖啡熬到很晚。你开始拥有很多属于自己的时间，可以选择赖床还是早起，可以选择看书还是看电视剧，可以选择去旅行还是在家里待着。这就是你的毕业，它没有你想象得那么轰轰烈烈，也没有像电影里那样无比伤感，它只是像一件再平常不过的事情一样发生在你身上。

关于高考分数，历来是人们关注的焦点。在很多时候，分数都与未来、选择，甚至人生挂上了钩。

在你还没有高考前就有人一直和你说分数是多么的重要，分数可以让你选择心仪的大学，学习你喜欢的专业，去你向往的城市，甚至拥有你想要的人生。

每年高考结束后所有考生的面容就像一张晴雨表，有人谈笑风生地走出考场，以为人生从此得到了保障。有人流着眼泪漫无目的地行走，觉得人生从此没有出路。有人像结束了一场重要的仪式一样，对着天空长长地吐了一口气。

你想起曾经因为考砸而哭得撕心裂肺，直到过了很久才开始重新相信自己。你想起曾经因为一道错题被老师骂得狗血淋头，当你回到教室的时候觉得没有比自己更差劲的人了。你想起曾经为了搞懂一个知识点而做了一大本习题，等回过神来的时候发现教室已经空无一人。

有很多个早晨你都想再多睡一会儿，可还是咬咬牙跑到教室早读。有很多次你都想把桌子上的试卷撕得粉碎，可还是很认真地做完了每一道题。有很多个晚上你想在十点准时睡觉，可还是开着台灯熬到了很晚。

你那么努力只是为了能实现自己一直以来的梦想，为了能去看看自己喜欢的那座城市，为了能和自己喜欢的人在一起，为了能离想象中的那个自己近一些。

为了这些事情你强迫自己变成曾经最讨厌的模样，忘了已经有多久没有穿过自己的衣服，那身校服几乎成了那个季节唯一的装扮，要知道你原本每个季节都会给自己添置新衣服的。

你忘了已经有多久没和自己的朋友联系，每年的聚会几乎成了你们唯一的见面机会，要知道你们以前一有空就会腻在一起。

你忘了已经有多久没做自己喜欢的事情，只能在快要睡觉的时候想起自己的爱好，要知道你曾经因为那些事情和父母争得面红耳赤。

可是你最后还是没有实现自己的梦想，还是没能去自己喜欢的城市，还是没有留住自己喜欢的人。你不知道你所做的一切到底有什么意义，以前总是觉得付出就会得到回报，直到现在才明白有些事情从来都不是公平的。

不是你每天起得很早就能取得很大的进步，不是你把一个单词抄上一百遍就能不再出错，不是你把一个知识点翻来覆去地背上许多遍就能茅塞顿开，也不是你每天熬到很晚就能改变自己的处境。

但这一切并不是你的错，你之所以起得很早还是没有取得进步，是因为有许多人比你还要努力；之所以把一个单词抄了一百遍还是会出错，是因为有些错误我们谁都无法避免；之所以把一个知识点背了许多遍还是没能理解，是因为每个人都会遇到无能为力的事情；之所以每天熬到很晚还是没有改变自己的处境，是因为有些事情不是你坚持就能改变的。

起码在这段时间里你认识了一个全新的自己，发现原来自己也能为了一件事情那么努力，原来自己也能不声不响地坚持很久，原来自己也能独自熬过一段暗无天日的时光，原来自己也能为了一件看不到结果的事情孤注一掷。

记得那年高考结束后有位学妹打电话给我，她在电话里哭着对我说自己考砸了，电话里的她哭得很伤心，我能够听出来她在拼命抑制着自己的哭声。我问她在哪里，她不说话，过了很久才重新说自己不知道该去哪里，也不想回家。

虽然我很努力地安慰她，可还是无济于事。她说她的成绩一直很稳定，以为自己一定能上那所自己喜欢的大学，可为什么自己偏偏这次考砸了。她说她的父母一定对她很失望，在快要高考的那段时间里她爸爸每天给她送饭，她妈妈每天陪她到很晚，可是到最后自己还是没能完成他们的心愿。

有很多时候我们的压力都来自外界，可能你原本只是抱着试一试的态度，却因为受到很多人的关注而开始逼迫自己。可能你原本告诉自己尽力就好，却因为别人的关心而开始拼尽全力。可能你原本失败了也可以很快释然，却因为别人的鼓励而无法原谅自己。

等她的情绪平复一些了我又问她以后打算怎么办，她说她不想再复读了，整个高三都没有给自己放过假，每天早上一起来就开始背单词，从来都没有在一点之前睡过觉，就连吃饭的时候都在看书，甚至在老师擦黑板的间隙都会翻开笔记本看一看前一天的错题。

后来我的这位学妹还是选择了复读，她说她回到家以后她的父母并没有责骂她，而是安慰了她很久。她说她还想再试一次，即使最后的结果还是不尽如人意，也不会再像现在这样哭得撕心裂肺，因为她真的已经尽力了。

你要相信无论经历了怎样的失败，那些一直陪在你身边的人都不会因此而离开你。他们之所以想让你一直坚持下去，不是他们对你有多少期待，也不是他们想让你变得多么优秀，而是因为他们希望你在以后回忆起来的时候不会为自己当初的退缩而后悔。

如果你选择复读，请做好再一次接受失败的准备，因为没有人能预料在此期间会发生什么事情，也没有人会向你保证会得到一个怎样的结果。你之所以选择复读，不是一定能够成功，而是因为你想在年轻的时候为一件事情拼尽全力。

如果你没有选择复读，那也没有关系，因为读书并不是唯一的出路。你可能在这件事情上表现得很糟糕，但那并不代表你是一个差劲的人，你依然可以在别的事情上做得很好，依然可以成为一个很优秀的人。

无论你在这个夏天经历什么，都请你一定不要对自己失去信心，因为在以后的日子里还会遇到很多事情，面临很多选择。你必须始终相信，才能够一直走下去。你必须一直坚持，才能逐渐看到希望。你必须不曾放弃,才能成为更好的自己。

愿你每天醒来都能看到太阳,愿你走到哪里都会有人问好,愿你即使疲惫也能坚持下去,愿你过了很久还能记起初心。

并肩走过的那个季节——关于选择

我们总是会面临很多选择,在你很小的时候要选择自己的兴趣爱好,在你中学的时候要选择读文科还是理科,在你毕业的时候要选择想去哪所学校,在你工作的时候要选择去哪座城市。

关于选择我们每个人都会有自己的顾虑,有时候你需要考虑自己可能承担的风险,有时候你需要做好失去一些东西的准备,有时候你需要去应对随时可能到来的失败,有时候你需要一个人默默度过漫长的等待。

你选择了一座离家很远的城市,就不得不在放假的时候一个人面对孤独。你选择了一所自己喜欢的大学,就不得不离开原来的朋友开始新的生活。你选择了一个冷门的专业,就不得不在很长一段时间里承受别人对你的议论。

你在原本的城市生活了很久,已经习惯了那里的一切,知道早上哪里有实惠的早餐,晚上哪里有好吃的夜宵,那里的很多地方都有你的足迹,那里的很多人都与你有过回忆。

可是你还是不得不离开那里,去往一座新的城市。你必须和自己的过去道别,重新去熟悉每一条公交线路,重新去认识新的朋友。

你有时会觉得孤单，会感到无助，可还是要继续生活下去，因为你知道再也回不去了。

你原本有很多要好的朋友，和他们一起去过很多地方，共同拥有许多回忆，可能你们会因为一件小事很久都不和对方说话，会因为一次争吵而疏远对方，但是无论如何你们都没有离开彼此。

可你还是不得不和他们告别，去结交新的朋友。无论你有多么不愿意离开他们，也无论你有多么想念过去的生活，都要头也不回地开始新的生活，因为我们每个人都是在不断地在告别中学会成长的。

可能你是一个很在意别人看法的人，以前会因为别人的一句话而换掉自己一直很喜欢的衣服，因为别人的一个建议而去剪一个自己不喜欢的发型，因为别人的一些讨论而开始讨厌自己喜欢的人。你一直都很羡慕那些可以不在乎别人看法的人，但不管怎么努力都无法做到像他们一样。

可是这次一旦做出了选择就没有办法回头，不管要承受多少别人对你的议论，也不管要面对多少现实的残酷，你都要努力坚持下去，因为只有坚持下去才能向当初那些不相信你的人证明你的选择是正确的。

你一定要选择自己喜欢的专业，因为这也许会决定以后过上怎样的生活。生活从来都不是一下子就能变成你想要的模样，无论需要做出多少艰难的选择，也无论需要面对多少现实的压力，你都要始终坚持做自己。因为只有这样，你才能一点一点地向自己想要的生活靠近。

我们在很多时候都在听从别人的建议，别人说音乐可以陶冶人的情操，你就丢下自己喜欢了很多年的画画去弹吉他。别人说某个专业好就业，你就放弃了自己一直以来的梦想去填了一个之前从来都没有听过的专业。别人说某个地方的风景很好，你就扔下了自己研究了很久的攻略去报了一个旅游团。

你都快忘了有多久没替自己做过决定了，其实在做出那些决定的时候你并不开心，可是没有办法去违背父母的意愿，没有办法顶着别人的议论做出选择，只有在获得别人支持的时候才感到心安，在得到认同的时候才觉得自己没有错得很离谱。

其实很多时候那些让我们觉得他们过得很好的人，不是因为他们有异于常人的天赋，也不是因为他们能够未卜先知，而是因为他们比我们更懂得坚持，更懂得自己想要的是什么。他们从来都不会因为别人的看法而改变自己的想法，也不会因为别人的议论而改变自己的决定。

当看到别人总是以一副气定神闲的模样出现在你面前的时候，你觉得自己小心翼翼的样子糟糕透了，于是破罐子破摔地对自己说人和人之间本来就有差距，不管怎么努力都没有用。可是你不知道别人曾经做过多么艰难的选择，承受过多少难以想象的压力。

当你看到别人分享的旅行照片时，羡慕别人能轻而易举地来一场说走就走的旅行，而你却总是在为眼前的生活烦恼，于是开始抱怨自己的生活。可是你不知道别人为了那场旅行做了多少准备，度过了多少艰辛的日子。

当你看到自己的朋友和恋爱了很多年的人修成正果的时候，感叹好运总是属于别人,你却只能和自己喜欢的人擦肩而过,于是开始陷入对自己的不满。可是你不知道他们为了战胜现实放弃了多少东西,付出了多少努力。

鑫是我的高中同学,高考结束后她不顾家人的反对去了一所医科大学。鑫的父亲在政府部门工作,母亲是一家外企的高管,他们一直以来都希望自己的女儿能从事金融类的工作。在得知鑫要报考医学院的消息后,她的父母大发雷霆,他们无论如何都不能接受一向乖巧的女儿要违背自己的意愿。

在高考结束后的那个假期,鑫的父母除了必要的交流以外很少和她说话。鑫说那段日子真的很难熬,因为不管你是一个内心多么强大的人,在做一件事情的时候都希望得到别人的认同。她说她从来没有向往过精英式的生活,也不觉得医生是一个让人难堪的职业,只希望父母有一天能够真正认同自己的选择。

可能在你做出一个很艰难的决定以后,需要面对很多人的质疑,需要承受许多来自现实的压力,你曾不止一次地觉得自己快要撑不下去了,也曾不止一次地产生过想要放弃的念头。但是在我们的生命里总会有这样的时刻,没有人理解你的想法,也没有人支持你的决定,你所能依靠的只有自己。

但当你日后回想起来,会发现这些时刻就像你会偶尔一个人逛街,一个人吃饭,一个人看电影。就算你一个人逛街也会买到自己想要的衣服,就算你一个人吃饭也会把自己照顾得很好,就算你一个人看电影也会记住某个让你感同身受的画面。不管有没有人认同你的选择,也不管有没有人看好你的努力,你都要认真做好手头的事情，要相信以后的你一定会为现在拼命努力的自己而感动。

鑫说梦想和现实的真正差距不是你努力了很久还是看不到希望，也不是你全力以赴最终还是要选择放弃，而是你发现自己拼命争取到的东西根本不是自己想要的模样。

你喜欢弹琴，是因为喜欢那种站在台上万众瞩目的感觉，但在此之前必须先弹许多枯燥的练习曲，可能你的手上会长满老茧，也可能你会厌倦到快要崩溃，所有的这些只能一个人承受。

你喜欢跳舞，是因为想让别人记住你最完美的样子，但在此之前需要做很长时间的配角，可能你会觉得自己永远也熬不到出头之日，也可能会心灰意冷想要放弃，但必须经历这些才能得到成长。

你喜欢画画，是因为希望自己的作品能够被别人认可，但在此之前会有许多失败的作品，可能你会开始怀疑自己的才能，也可能会觉得难以坚持下去，而只有独自撑过这些才能看到希望。

后来鑫在聊天的时候和我说有很多时候都想要放弃，在第一次面对冰冷的尸体的时候，她忍不住当着所有人的面叫了起来；在第一次戴着手套触摸器官的时候，她立马躲在了室友身后；在第一次解剖小白鼠的时候，她连着做了好几天的噩梦。

她说现在看恐怖片的时候还是会吓得钻到室友怀里，闻到福尔马林的味道还是会忍不住呕吐，在解剖完小白鼠后还是会连着哭上好几天。但是她明白，这些事情都是必须经历的。

鑫说她的父母终于开始理解她的决定，当她的父母在电话里询问她的学习情况的时候她忍不住哭了出来，发现原来自己已经坚持了很久。

无论你打算做出怎样的选择,也无论你正处于怎样的境地,都请不要辜负自己。因为我们都一样,会为了不堪回首的过去而懊悔,会为了模糊不清的未来而担忧,但至少现在我们都在为了各自的未来而打拼。

　　愿所有的经历都能使你成长,愿你犯过的错误都能被原谅,愿你永远都不会一个人,愿你温暖自己也能温暖别人。

并肩走过的那个季节——关于爱情

不知道从什么时候开始,毕业季即分手季成了所有人的共识,似乎无论曾经爱得死去活来的人还是曾经有过海誓山盟的人,最终都逃不过曲终人散的结局。

你也许见过为了一个人而离家出走的人,即使他最后成了老师家长嘴里的反面教材却依然能摆出一副心甘情愿的样子。你也许见过为了一个人而放弃自己前程的人,即使所有人都为他感到惋惜,他却从来都不觉得可惜。你也许见过为了一个人而自甘堕落的人,即使他明知道自己在做一件错误的事情却仍然乐此不疲。

所有的这一切在你的世界里都像电视剧般的存在,整个学生时代你都在按部就班地生活。你总是远远地看着自己喜欢的姑娘却从来都不敢上前打个招呼,在她生日的时候费了很大心思准备的礼物却只敢托人转交给她,为一个人写了长长的情书却直到毕业都没有送出去。

你怕自己的感情得不到回应,到最后连做朋友都变成一件很奢侈的事情。你怕自己的一腔热血被现实浇灭,从此失去了爱别人的勇气。你怕自己的想法被所有人知道,因为你不愿意在别人眼里活得像个傻子。

在一段感情中往往最遗憾的不是爱得轰轰烈烈到最后还是要分开，也不是两个原本很相爱的人到最后形同陌路，而是由于你的懦弱和顾虑你们连认识的机会都没有。

我们的生活中有太多这样的例子，明明两个人都很喜欢对方，却谁都不肯迈出第一步，只能在日后回忆起来的时候懊悔；明明两个人都想认识对方，即使日后不会发生任何故事，最终却只能擦肩而过；明明两个人都想先和对方说句话，哪怕最后只能成为朋友，结果却只能在人海中错过。

遇到喜欢的人就上前打个招呼，哪怕最后只能被拒绝。心里有温柔的话就大声地说出来，哪怕会被所有人嘲笑。舍不得一个人就拼命挽留，即使到最后依然无济于事。

毕竟我们都还没到需要将就的年纪，所以请放下所有的包袱，抛开一切顾虑，从一句很高兴认识你开始，从一个微笑开始，从一起走一段路开始。

不要等到以后被生活打败的时候才想起还有一句"你好"没说，那时候无论你是否愿意都只能继续自己的生活。不要等到日后屈服于现实的时候才后悔没有给喜欢的人一个微笑，那时候你们身边都有了各自需要陪伴的人。不要等到你只能按部就班向前走的时候才遗憾没能跟那个人一起走一段路，那时候所有的遗憾和悔恨都无法挽回。

被拒绝了没有什么好害怕的，因为你还有大把的时间和自己喜欢的人相遇。被伤害了没有什么好难过的，因为你还有漫长的岁月来使自己变得更好。被嘲笑了没有什么好失落的,因为你还有许多机会去遇见更适合你的人。即使分开了也没有什么好遗憾的,因为所有的遗憾都发生在你最美好的青春里。

老夏和他的女朋友是在高中快毕业的时候认识的,那时候的老夏长得白白净净一脸正气,在一帮兄弟的大力支持下,老夏和他的女朋友很快就陷入了爱河。

当时的老夏和他的女朋友是全校学生眼里的模范情侣,每天早晨老夏骑着自行车带着他的女朋友去学校对面的早餐铺吃早点,到了午休时间他们就牵着手走遍学校的每个角落,然后依依不舍地分别。

那时候老夏常说那是他最爱的女人,而他的女朋友在听到这句话的时候眼里满是笑意,一副爱情中的女人该有的模样。老夏的兄弟们都说如果他们最后没有结婚,那这个世界上就没有真爱了。

高考结束后,老夏的女朋友考上了大连一所很好的学校,而老夏却只能在本市读一所很普通的大学。由于老夏的女朋友舍不得和老夏分开,老夏选择去大连读一所很普通的大专。一开始老夏的家里激烈地反对,后来见他的态度很坚决只能无奈地答应。

到了大连,老夏和他的女朋友离得很远,只能在周末见一面。他们每天晚上都会在九点准时通电话,直到其中一个人睡着了,另一个人才把电话挂断。那时候的手机还没有视频功能,老夏常常因为高额的电话费而生活窘迫。

整整四年他们都是这样过来的,很少给对方送礼物也很少出去玩儿,可是他们从来都没有觉得厌倦也从来没有想要放弃。那时候的老夏以为，经过这四年的煎熬他们一定可以走到最后。

毕业之后，老夏的女朋友又在沈阳读了二年研究生，而老夏也跟着一起到了沈阳，并且成了一名光荣的人民警察。在这三年里他们见了双方的父母，慢慢地他们的感情得到了认可。就在老夏以为终于到了修成正果的时候，他和他的女朋友因为房子的问题大吵了一架。

慢慢地，老夏的女朋友开始对他变得冷淡，有很多事情都瞒着他。那段时间老夏尽量装作若无其事的样子，努力地维持着他们的关系。可最后老夏的女朋友还是提出了分手，她对老夏说她不想过循规蹈矩的生活。老夏拼命挽留还是无济于事，最后只能答应分手。

世界上所有的不可理喻都是因为事不关己，许多事情只有自己经历了才能够感同身受。你觉得在所有人面前哭得昏天暗地的人把自己看得太轻，不过是因为你没有承受过那样的伤痛。你觉得在操场上喊得撕心裂肺的人自控能力太差，不过是因为你还没有失去生命中最重要的东西。

老夏说他从来都没有想过他们有一天会分开，这些年来身边原本在一起的人都分开了，只有他们的关系一直很好。整整七年他们从来都没有闹过分手，也从来没有吵过一次架，可偏偏到了要谈婚论嫁的时候分开了。

分手后，老夏用了三年时间来挽回他们的感情，到最后还是没有结果。以前老夏觉得两个真心爱过的人一定没有办法祝对方幸福，因为怕她受到伤害，因为怕别人照顾不好她。可是老夏现在改变了想法，他说每个人都有追求幸福的权利，即使陪在她身边的人不是自己，也希望她能够幸福。

现在他们偶尔还是会一起出去，只是少了拥抱。当你真的很爱一个人的时候，你没有办法接受你的世界里没有她，即使给不了她想要的生活，还是想照顾她。

老夏那年28岁，一直未婚。他说不会再爱上别人了，自从她离开以后，他的世界里全是她的影子。他吃饭会想起她，睡觉会想起她，就连在夜市看到以前送过她的礼物，老夏都能想起他们从前相处过的时光。

也许你们现在正因为一点小事吵架，你觉得对方糟糕透了，甚至想要放弃你们的感情，但是请无论如何一定要坚持下去，因为你可能再也遇不到这样一个让你喜欢的人了。

也许你们已经好久没有跟对方说过话了，有很多时候你都在后悔，时常想起你们相处过的点点滴滴，那么请在快要睡觉的时候对她说一声我想你了，因为有些人一旦错过就再也不会遇见。

也许你们已经分开很久并且有了各自的生活，你已经记不清你们是怎样认识的，也忘记了是因为什么分开的，但请在下次遇见的时候给对方一个微笑，毕竟你们曾经一起度过了一段最美好的时光。

可能你遇到了一个对你很好的人，你们曾经有很多约定，你们之间有许多美好的回忆。不管你们有没有走到最后，你都在这段感情中成就了更好的自己，开始相信爱情，开始学会如何去爱别人。

可能你遇到了一个很差劲的人，在这段感情中受到了很多伤害，甚至开始怀疑爱情。不管你最后需要面对怎样的结局，都要学会照顾自己,并且在接下来的时光里把自己变得更好。

无论你遇到了一个怎样的人,也无论你们之间发生了怎样的故事,都希望你能认真生活,用力去爱,愿你在日后回忆起来的时候能有一个嘴角上扬的青春。

你们从未消失在各自的生命里

男闺密一直以来都是一个很尴尬的存在,对于有些人来说男闺密是生命中很重要的人,而对于有些人来说男闺密的存在是一种困扰。

你可能喜欢了一个人很久,为了她你一次又一次地打破自己的底线,为了她你变得毫无原则尊严扫地,没有人知道你承受了多少煎熬,连你自己都快忘了已经坚持了有多久,为她耗费了整个青春,到最后还是要面对一个你不想要的结局。

你可能和一个人分开很久了,虽然你们在分开的时候说好不再联系,虽然已经有很久没有见面,可你就是没有办法放下你们的过去。你时常在深夜想起你们相处过的点点滴滴,即使现在都有了各自的生活,可还是希望能继续出现在她的生命里。

你可能从来没有在同性中遇到这样一个有趣的人,她能理解你的所有喜怒哀乐,在你所有需要陪伴的时刻她都在你身旁,你们从来没有做过出格的事情,也从来没有产生过除友情以外的感情,不管别人怎么看你们都从来没有离开过彼此。

无论你是哪种情况,她都成了你生命中很重要的人。她每次失恋的时候你都在，你陪她一起哭，一起闹，一起骂辜负了她的那个人。每一次你都很心疼她，可是除了陪伴以外没有办法为她做任何事情。

她每次和男朋友吵架的时候都会给你打电话，你总是二话不说赶到她的身边，直到她破涕为笑才放心地离开。为了她你总是和自己的女朋友吵架，可就是没有办法对她置之不理，因为你怕她一个人照顾不好自己。

她每次受委屈的时候都会叫你陪着她，你看着她在你对面哭得梨花带雨，看着她的脸变得通红。每次你都会背她回家，皱皱眉头然后叮嘱她照顾好自己。

几乎所有人都不相信男女之间会有纯洁的友谊，一路走来你们不知道听了多少人的风言风语，有人说其实你们一直以来都爱着对方，有人说你们从来没有放下过彼此，总是会有人质疑你们的关系，可你们还是陪彼此走到了现在。

在你心里她永远都是那个需要被照顾的女孩，她难过你会担心，她哭泣你会心疼，她被欺负了你想帮她出气。你没有办法看着她一个人在人群中瑟瑟发抖的样子，没有办法看着她无助时不知所措的样子，连你自己都不知道可以陪她多久，但是你知道一定没有办法对她置之不理。

你见过她所有的男朋友，尽管知道有些人无法陪她走到最后，可是你只能由着她的性子来，因为那是她爱的人。你知道她一直以来的梦想，即使知道有些事情她一辈子都不会实现，你也只能顺着她的想法，因为那是她热爱的事情。你知道她想要去旅行，虽然知道没有办法和她一起出发，你还是会很热心地帮她出谋划策，因为那是她想去的地方。

所有人都觉得你是一个不折不扣的傻瓜，没有人知道你的想法，也没有人能理解你的行为，甚至连你自己都不知道这么做是为了什么。似乎你已经习惯了生命中有这样一个人存在，会在旅行时下意识地买下她喜欢的东西，会在她喜欢的明星来到你的城市时帮她排很长的队要一个签名，会为了见她一面在礼拜天起个大早。

记得在她生病的时候你为了照顾她彻夜未眠，等到第二天顶了个黑眼圈被朋友嘲笑。记得她来大姨妈的时候你跑到超市帮她买卫生巾，结果被收银台的小姑娘取笑。记得在她辞职的时候你请了三天假去看她，等回去的时候熬了好几个晚上才补回了落下的工作。

以前你们总在一起开玩笑，你说等她结婚的时候要给她包一个大红包，她说以后有了孩子要认你当干爸。你说如果她的男朋友对她不好，你一定不饶他，她说你以后的每个女朋友都要经过她把关。你说等以后成功了可以帮她实现梦想，她说如果你混不下去了可以借钱给你。

直到现在你还会时常想起那些画面，可是你知道你们终将会开始各自的生活。你会遇到你爱的人，她会拥有属于她的家庭。你会为了你的未来打拼，她会为了她的生活烦恼。你会在某一天开始习惯孤独，她会在日后学会世故。

总有一天你会没有办法继续照顾她，总有一天她要独自面对自己的生活。即使你放心不下她，即使舍不得和她分开，都只能和她告别，因为有些人只能陪她走一段路，这段路走完以后你们就必须面对离别。

你为她做了那么多事情,她从来没有对你说过一句谢谢。可是你从来没有计较过这些,你对她好不是为了听她对你说一声谢谢,也不是为了她能对你有多好,你对她好不过是因为早已把她当作生命中最重要的人。

小白和小月认识的那年,小月正对她的张先生爱得死去活来。张先生是一个从外表看上去让人赏心悦目的人,当时不少女生都对他心动万分,而小月是坚持得最久的那一个。

那时候的小月为了能和张先生在一起,活生生地把自己从一个娇生惯养的大小姐变成了一个善解人意的乖乖女。她为了能出现在张先生的世界里,费尽心机地制造了各种偶遇。她为了和张先生吃一顿饭,软磨硬泡了整整一个月。她为了让张先生的朋友接受她,开始接触她从前最讨厌的网游。

喜欢上一个不喜欢你的人,就像非要买一双没有你尺码的鞋子,即使你拼尽全力最多也只能得到一个大失所望的结果。你小心翼翼地付出却被他当作一厢情愿,很努力地坚持却被他当作自以为是,即使遍体鳞伤他也只会觉得你是自找的。

你从来没有想过会因为一个人让自己卑躬屈膝,变得越来越不像自己。只有你自己知道忍受了多少委屈,承受了多少孤独,所有的坚持只是为了能和喜欢的人在一起。

一开始张先生对小月很冷淡,小月起得很早给张先生做的早餐被张先生随手分给他的朋友,准备了很久的生日礼物只换来张先生的一句谢谢,在张先生生病的时候寸步不离只得到了一句你是一个好女孩。

可是小月在对小白说起这些的时候没有表现出一点委屈，一副只要付出就能得到回报的表情。小白总是对小月说他根本就不喜欢你，你这样做只会让他越来越看轻你。可每次小月都会说一句我喜欢他就够了呀，一句话顶得小白哑口无言。

你永远都无法叫醒一个装睡的人，你眼里的徒劳无功在她看来是不求回报，你眼里的无济于事在她看来是心甘情愿，你眼里的执迷不悟在她看来是坚持到底。

在这样坚持了整整半年以后，小月终于和她的张先生在一起了。他们开始成双成对地出现在校园里，一起吃饭，一起上课，一起去图书馆。那时候的小月脸上总是洋溢着幸福的笑容，所有人都觉得小月的付出终于得到了回报。

可是张先生和小月在一起以后还是会出去和别的女生吃饭，当小月问起的时候张先生只是轻飘飘地回一句那是他的红颜知己。很多次张先生都忘了他和小月的纪念日，等小月质问张先生的时候他也只是敷衍地说声抱歉。而每次一旦小月做错什么，都会遭到张先生的数落。

小月开始找小白哭诉，说他为什么不喜欢我呀，我为他付出了那么多，承受了那么多，难道他真的看不到吗？小月说她从来没有因为一个人连尊严都不要，如果没有和张先生走到最后，一定不会再这样爱上一个人了。

当小白知道张先生的所作所为后要帮小月出气，却被小月一把拦住，小月说她还想和张先生好好地在一起。看着楚楚可怜的小月，小白只能叹了口气。

那天晚上小月哭了很久，直到筋疲力尽趴倒在桌上。小白沉默了很久，拿起小月的手机拨通了张先生的电话。足足过了一小时张先生才姗姗来迟，小白看着熟睡的小月对张先生说了句好好对她。

在她的世界里你永远不是最重要的那个人，也许她会在难过的时候找你哭诉，可是等她醒来的时候还是想见到自己喜欢的那个人。也许她会在伤心的时候念起你的好，可是第二天你们还是要继续各自的生活。也许她会在某一天消失在你的生命里，可是曾经共同有过的回忆你们都会记得。

无论生活将你们打磨成什么模样，你们都从未消失在各自的生命里，愿那些记忆永远不会褪色，愿你们最终找到属于自己的幸福。

第四章

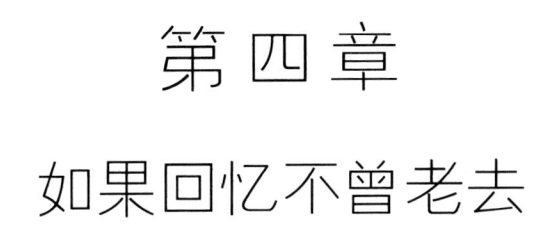

如果回忆不曾老去

记得那年你曾年少

当斑驳的冰雪融化，雪水沿着松软的泥土流淌到地底深处，所有的回忆和情绪顺着树枝开出新的花来，你又将见到那些旧的面孔，再次用手抚摸过覆着浅浅尘埃的课桌，重新捧起那些被你们厌倦过无数次却又不得不打开的课本，而有些人也将在不久的六月走向第一个人生的分岔路口。

而那时候的我在干什么呢？很多细节我已经记不清了。每个老师都在耳提面命、不厌其烦地述说着高考的重要性，每个人都像是隔绝在了自己的世界里，除了回宿舍的一点空隙时间以外，平日里关系再好的两个人一天说的话都可以用一只手数得过来。

记忆里很深刻的事情大概就是为自己的梦想所做的努力了，那时候无比执着地想要去读编导，似乎只要按自己的想法一直走下去就可以告别当时令人不满的一切，而前途也将会是一帆风顺的模样。可对于我当时就读的那所全市最好的高中来说，除了理科之外的东西是很难被认可的。

那个时候的我几乎每天都会被班主任或者年级主任叫去谈心，

往往一谈就是好几个小时，因为一般人被叫过两次以后在老师面前或多或少会变得乖巧起来，即使心里不那么认为，为了早点脱身也会说出言不由衷的话。我那时候偏偏是一个不愿妥协的孩子，所以很多时候老师也没有办法说服我，只能干脆地指着墙角让我去罚站，等到从办公室出来的时候别的同学都已经去吃饭了。

除此之外还有来自家里的压力，那时候几乎每次回家都是不欢而散。记忆里爸爸很少说我，很多时候都是妈妈在劝我，从一开始的理科好就业到后来的编导是一个很残酷的行业，可是人一生选择的机会能有多少次呢？如果每次都不能按照自己意愿，或许连预料明天都是一件很难的事情。

直到艺考前夕我都没有放弃努力，但是很遗憾那个年龄的力量几乎微乎其微。我也开始每天起得很早去背单词古文，强迫自己一头扎在书堆里，像模像样地戴上眼镜写满一个又一个的笔记本，只为了几个月后自己能有一个归宿。

而你或许也和那时候的我一样，正处在这样的境地里，不知道该坚持自己还是该向现实妥协。那么让我告诉你，年轻时你的每一个决定都会影响你以后会成为一个怎样的人，你的所有努力都会让你离自己想要的生活更进一步。即使到最后你没有成功也没有关系，因为只要足够热爱、足够努力，存在于你生命中的东西一定会在某天翻山越岭来到你的面前。

就像我虽然没有读到自己想读的专业，依旧会翻看自己喜欢的书，依旧会把一些很好的句子仔细地摘录下来，依旧在某个夜晚打开电脑敲下一行又一行的字。那些曾经相信你的人依然会相信你，那些与你素未谋面的人也会在某天给你一个大大的微笑，而你也会明白一点小障碍不会阻止去往自己想去的地方。

又或许你已经遇到了自己生命中很重要的那个人，正在发愁该怎样面对自己的感情。记得那个时候朋友 S 刚刚开始了自己的第一段感情，作为兄弟的我几乎见证了那段感情的全部过程。最开始是在晚上回宿舍的路上，S 很小心地说自己可能喜欢上了 W，很难想象一个高三的大男生会那么腼腆，大概那个时候是真的很喜欢吧。

在随后的周末我陪他去买了精致的信纸和巧克力，然后发挥自己的专长在晚上举着台灯帮他写了三千字的情书，再看着他一笔一画地抄写到信纸上，比小学生学写字还要认真。等第二天 S 睁着通红的眼睛把信和巧克力交到 W 手上时，W 的眼圈当场就红了，后来才意识到只有那个年纪才会这么轻易地被感动。

很多人在第一次爱一个人的时候都会用尽自己的全部力气，因为没有爱过，因为害怕失去，因为不愿回到从前一个人的日子。那时候 S 几乎每个礼拜都会买来礼物送给 W，费尽心思用几百块钱的生活费制造所能制造的浪漫，几乎每个人都觉得他们会一直走下去。

可最后 S 和 W 还是分手了，几乎所有情侣都很难迈过高考这道坎。那段时间 S 成绩下滑得很厉害，班主任很快就知道了他们的事情，随着压力的增大两个人的矛盾也越来越多。他们在一起没有那么轰轰烈烈，分开的时候也只是心平气和。

在高考这座大山面前，任何事情都显得微不足道，这件事情很快就被淹没在了时光的洪流里。我不知道那时候 W 的心情是怎样的，但 S 从此一蹶不振，每天一副黯然伤神的样子，他说大概自己再也不会这么爱一个人了。

那一年在所有人诧异的目光中 S 差三分达线，有人后来问他后悔吗，他说谁没在青春的时候遇到一个让你心动的人，可能说不清楚自己是爱还是喜欢，但是你的内心一定有一个声音告诉你不要错过，人年轻的时候就那么几年，错过就太可惜了。

如果你还没有遇到自己喜欢的人，不要紧，在这段寂静无光的岁月里你可以让自己变得更好。当时间缓缓流过你身体的每个角落，回忆覆盖在你的眼角眉梢，你会成为一个干干净净的少年或者成为一个落落大方的少女。这一切都只为了能让你见到那个人的时候，可以坦然地说一声：嗨，你好！

如果你已经遇到了自己喜欢的人，在犹豫要不要在最后的这段时间表白，那么请不要犹豫，因为在最后一堂考试结束的时候你不知道每个人会去向哪里。可能即使你表白了你们也不会发生任何故事，但至少等若干年以后回忆起来的时候不会因为自己当初的怯懦而懊悔。

如果你已经牵到了你喜欢的那个姑娘的手，那么恭喜你，因为不管别的事情做得怎么样，只是在这件事情上你就比很多人幸运了。请一定要牢牢牵着她的手，因为毕业后你会发现再也没有这样一个人会仅仅因为喜欢而和你在一起了。但是你一定要记住爱情不只是我爱你，更多的时候你需要为这份感情负责，所以从做好自己该做的事情开始。能和自己第一个爱的人走到最后真的是一件很酷的事情，不是吗？

如果你没能和你喜欢的人跨过高考这道坎，请不要怪他或者她，因为能在彼此的生命中扮演过一段很重要的角色已经是一件很幸运的事情了。你们分开不是因为你不够好，而是因为在这样的年纪里爱情不总是一件很美好的事情，有时候也会是一件很沉重的事情。你不能决定你们最终的结局，但至少下次见面的时候微笑着打个招呼。

而除了梦想和爱情以外，真正美好的东西是你正在经历的青春。在这场命运的赠礼中，岁月将所有的回忆和情绪深埋，只留下鲜艳而又美好的样子展现在每一个人面前，生命的芬芳渗入每个人的毛孔，等到这场赠礼终结的时候这一切将悬浮于你的指尖，使你直到暮年也能觉察到它的光亮。

趁着年轻，趁着一切没有结束也没有开始，放手去做自己想做的事情，尽情地去喜欢自己想喜欢的人，对于你来说没有定数也没有对错。许多年后的你正在未来等你，相信我，他既不热切地期望你成功，也不整天惶恐你会失败，他只是想让你酣畅淋漓地度过这段时光，他永远在未来等你。

如果可以，我愿所有星辰循着河流的足迹淌到你的脚尖；如果可以，我愿所有落叶在你入眠的时候托举着你的梦境；如果可以，我愿所有松软的泥土将你的每个心愿都小心地包裹起来。

如果可以，愿这一切在你身上不断地重复，直到你遇到那个干净、无畏、真实的自己。

无须忐忑，无须彷徨，更无须恐惧，因为我会在这里陪着你。加油，少年！

你曾深爱过的他

许多年过去，你终于又重新蓄起长发，将脸颊细碎的绒毛小心地掩藏起来。

你终于重新穿起了帆布鞋，曾无比钟爱的高跟鞋被你搁置到床底。

你终于将那些乱七八糟的化妆品塞到了抽屉的深处，只在偶尔聚会的时候化个淡妆。

一切似乎都回归到了它们本来该有的面目，你还是若干年前那个简单安静的姑娘，只是曾经被你捧在手上的书本如今早已不知去向，曾经攒下的一盒又一盒笔芯被你妈妈送给了邻居家的小孩，曾经无比珍视的偶像海报也早已开始泛黄。

学校里的一草一木即使仍然存在于你的记忆，也早已物是人非，每次开学都会被重新粉刷的墙壁如今翻起了一层又一层的墙皮，斑驳得如同街角那些老人脸上的皱纹，你用手抚摸过它们，许多年前嬉笑打闹的场景似乎又顺着裂缝鲜活起来。

而那时候你和闺密呢喃耳语的角落却似乎从未改变，每一届的学妹们似乎和你商量过一样，不用任何人提醒就能找到那里。她们穿着数十年来不变的校服亲昵地趴在彼此的耳边,如果不是她们头顶新潮的发型,你差点就以为时光倒流回到了那个无数次梦到的场景。

而这个时候的你差不多该想起那时让你魂牵梦萦的面容了,他穿着洁白的衬衫,还飘着金纺的味道,或者留着遮住眉毛的长发,潇洒地拍着篮球与你擦肩而过。你那时候大脑一定已经一片空白,呆呆地站在那里,兀自把上课夹在书里偷偷翻阅的言情小说在脑中上映了一遍。

你开始疯狂地了解有关他的一切——他的名字,他的生日,他的星座,他的爱好,他的偶像,他的梦想,甚至还有他小时候的囧事,你背得比你的生理期还要清楚。

你为了和他偶遇一放学就飞奔到了楼道门口,为了看一眼他的侧脸一次又一次地拉着闺密去上厕所,为了拿到他的笔记本赔着笑脸请他们班那个你其实无比讨厌的课代表吃零食。

你开始整夜整夜地睡不着,每天早上都顶着一双熊猫眼。你开始把你对他的感情记录下来,很快就写满了一整个笔记本。你开始满脑子都是他的样子,连黑板上的板书在你眼里都变得模糊不清。

你在你的心里把你们的开头和结局设想了无数遍,可是最后还是没能将那个粉红色的信封递出。你遇到他的时候心几乎都要从胸口跳出来了,却依然低着头从他身边逃过。你看到他和别的女孩走得很近心里难过极了,却还是对自己说不要紧,他本来就不属于你。

然后呢,你们毕业,你们分开,你们的人生从此再难有任何交集,他从此成了你回忆中的一个模糊而又美好的梦,你会和闺密眼圈微红地诉说着你的后悔,你也会对你后来的男朋友半开玩笑地说着当初的情愫。

C 那时是全校的风云人物,她当时喜欢上了隔壁班的一个男生。在那个谈爱色变的年纪,几乎任何一个女孩子都没有勇气表达自己的感情,而 C 是个例外。

那天早上楼道里围了很多人,所有人都在窃窃私语着什么,听说是 C 带着她的闺密在向那个男生表白。那时 C 长着一张圆脸,戴着圆框眼镜,身材纤瘦,任谁在第一眼看到她的时候都很难相信她能做出这样的事情来。事情的结局让人唏嘘,C 既没有成功也没有失败,因为那个男生红着脸推开人群逃回了教室。

在所有人看来 C 当时完全做着一个男生在做的事情,写情书,送奶茶,买零食,每天围追堵截,极尽讨好。一个女孩子将自己的姿态低入尘埃里,就等于从此放弃了尊严、放弃了面子,欢喜与悲伤都交给那个人决断。

那时候的 C 几乎让每个人心疼,就连喜欢那个男生的其他女生都为之动容。C 也许和当时的每个人一样,无比相信付出就能得到回报,可是感情这种东西从来都不是对等的,很多时候你付出了自己的全部却得不到任何回报,那些得到回报的人即使筋疲力尽也算得上是无比幸运。

大半个学期过后,那个男生终于答应了 C 的追求,C 开始变得不那么疯狂,她把散着的头发扎起,穿起了素白的裙子,就连说话都是那么小心翼翼。C 无时无刻不在扮演着不属于自己的样子,可是她的内心仍然是雀跃的,大概女生只有深爱一个人的时候才能那样委曲求全却不觉得卑微。

我后来再也没有见过这个女孩，但是她那时候的无所畏惧和一腔孤勇像一块石碑一样立在了我的回忆里，那样爱憎分明，那样不愿将就，时隔多年以后依然深感敬佩。这样的女孩大概一辈子都不会蒙蔽自己，我只能祝愿她在往后的人生里能被属于她的那个人温柔相待。

而你呢，想到曾经的种种是否会泪流满面？那些噬灭在记忆里的大雨和晚风，那些漂泊着哀伤的黄昏和悲秋，那些令人不住扼腕的长烟和深谷，那些你翻起过无数次与压下过无数次的色彩与线条，如今都成了岁月裙裾上一抹浅色的花纹。

再也不要想一个人到无法安睡了，没有人值得你这样牵肠挂肚。

再也不要为了一个人低到尘埃里了，爱你的人不会忍心你卑微到如此地步。

再也不要因为放不下一个人而夜夜痛哭了，你要给在岁月深处等你的那个人一个最好的你。

所有曾经以为永远不会愈合的伤口最终都会愈合，你会成为一个真正温婉的人，岁月年华都属于你。那颗被揉碎了的心一点一点融成了最美的纹路，你一路行走，一路被爱，一路身处芳草丛中不曾衰败。

而你青春时喜欢过的那个男孩，就让他永远地活在你阳光明媚的十七岁，他身着白衫捧着鲜花，守护着你情窦初开的年华，雨落到他的眼眸里，把整个世界倒映得透亮，而你就在那世界的中央嘴角微微上扬。爱与伤痛都会败给岁月,因而那些微小而又纯真的美好才越发弥足珍贵。

就像村上春树在《舞舞舞》里写的：你要做一个不动声色的大人了。不准情绪化,不准偷偷想念,不准回头看。去过自己另外的生活。你要听话,不是所有的鱼都会生活在同一片海里。

晚安,亲爱的姑娘。

那个陪你走过整个青春的人

你原以为兄弟就是那个和你一起轰轰烈烈的人,你们必须一起上刀山下火海,一起冲锋陷阵,一起把生命燃烧得惊天动地。如果这些都没有,起码要一起恋爱,一起成功,一起和各自爱的那个人走向婚姻的殿堂啊。

可是有一天曾经信誓旦旦说要罩着你的人毫无预兆地就消失不见,曾经说要和你浪迹天涯的人有了自己新的生活,曾经说为了你什么都愿意做的人变得唯唯诺诺。于是你开始怀疑,人与人之间是否真的有长久的感情。

你开始记起那个陪你从小玩到大的人,那时你们兜里仅仅揣着两块钱却给对方买了冰棍,在大街上开心地吃着;你们放学后搬着小板凳在门前头顶头写着作业;你们在对方受了欺负的时候,扬了扬自己的小拳头说一直陪在你身边。

可是后来你嫌他太过保守畏首畏尾,嫌他固守沉默甘于平淡,嫌他死板教条婆婆妈妈。你开始嘲笑他的规矩还大言不惭地和他说青春就是用来浪费的,逃掉了最后一节课把他一个人丢在教室,在他劝你好好学习的时候不耐烦地走掉。

但是每天早上是他把写完的作业递给你，你每次挨打的时候是他带你去的医务室，每次班主任要叫家长的时候全班只有他站起来给你求情，在你那些狐朋狗友离开后是他和小时候一样一直陪在你身边。

你开始后悔那些冷落他的日子，开始厌恶自己曾经嘲笑他的样子，开始在某个夜晚偷偷掉了两滴眼泪。你重新和他走在一起的时候感恩着命运的垂青，觉得即使你输掉了整个青春却始终没有输掉他。

生命之中那些对你不离不弃的人都是天上的星星，他们用一点微光来守护在你的身边，那样安然，那样无欲无求，你必定是因为足够幸运才能与他们相遇，愿你生命里的光能一直照耀着你前行。

对我来说L就是这样一个人，我在那段茫然无知却自以为什么都懂的时光遇到了他。那个时候L几乎是全班最耀眼的人，皮肤白皙，棱角分明，成熟温暖，总会有女生塞情书和礼物给他。即使在男生中他也很有人缘，游戏玩得很好，球技高超，对人大方，几乎满足了那个年纪女生对白马王子的全部幻想。

而我那个时候呢，大概再普通不过了，所有人都奇怪这样两个截然不同的人怎么会有交集。记得一开始是一次偶然的聊天，聊着聊着我们突然发现对方和自己一样都喜欢哲学，这在那个年纪是十分难能可贵的。即使那时候两个人的阅历和心智都十分有限，我们仍然乐此不疲地讨论着关于梦想，关于爱情，关于那些已经失去再也回不去的曾经。

有一种感情叫相见恨晚，那段时间我们一有空就凑在一起，似乎想要获得所有问题的答案。而许多年后回忆起来，觉得大概最好的朋友就是这般。

和许多朋友一样，我们也有过分歧，有过争吵，甚至有一次几乎到了绝交的地步。当真的很看重一个人的时候，你会极度恐惧失去，每次争吵都仿佛是长在肉体中的一根刺，稍稍一动就会黯然失神。所幸在一段时间的默不作声后，总会有一个人先妥协，我们也很幸运地陪对方走到了现在。

直到走进了L的世界，我才发现他并不是平日里安静的模样，或许表面上再怎么平静的人内心里都会有一番波涛汹涌的景象。他会载着我在人群中把摩托车开到八十迈，然后对着脸色惨白的我说放心。现在那辆摩托车早已不知所终，我们所讨论的也开始变成最新出的某款车型，可是每当回忆起那时候下了摩托车后两个人凌乱的头发，就仿佛那段无所畏惧的青春又重新附着在了自己身上。

而有一件事情我至今回忆起来依然深感温暖，那时候几乎每所学校都会聘请外教，可能是压抑得太久了，在某位趴在窗口的同学大喊了一声外教来了后我跑过去把门插了起来，等外教上来时死活打不开门，全班同学都开始哄堂大笑。过了十来分钟课代表过去把门打开，外教进了教室铁青着脸把包扔在讲桌上质问是谁干的，可能身处异国他乡的他们对尊严看得比什么都重。

看到没人说话，外教似乎更加愤怒了，直接把电话打给了班主任，我这才意识到这和普通的顶撞老师的性质完全不同，正当我准备站起来的时候L抢先一步站了起来。外教问L为什么这么做，L说"Because I like"。我知道L的英语一向不好，他的英语甚至有明显的语法错误，我不可能让 L 替我背这个"黑锅"，于是我站起身来努力争辩着，可是由于我平时和外教的关系太好，外教认为我是在替 L 开脱。

就这样 L 堂而皇之地替我背了这个"黑锅"，幸好当时的班主任比较护短，加上同学们的求情这件事情最后不了了之。像这样的事情大大小小还有许多，L 几乎像兄长一样在照顾我。后来我转学去了市里的一所学校，那时候还没有驾照的 L 每个月都会搭车去接我，和 L 每个月的见面几乎成了我那段学业繁重的日子里面唯一的慰藉。

高考结束后我们去了不同的城市，开始了各自的新生活，可是那植根于岁月深处的情谊从未因距离的增加而有丝毫的改变，反而在岁月的洗涤下越发历久弥新。

而你呢，现在或许正意气风发地搂着他的肩膀谈论着你们的未来，或许正喝着冰镇的可乐对着心仪的女孩吹口哨，或许撞了撞他的身子调侃着今天发生在他身上的某件有趣的事，又或许你们什么都不说，神色凝重地并肩走向属于你们的明天。

许多年后，你会明白现在的你们是多么的幸运，当年的肆无忌惮，当年的无所顾忌，只能存在于你们最美好的十八九岁的年纪，而时过境迁以后你们终将走向各自的人生。

你们会指着对方的啤酒肚开怀大笑，会促狭地和对方的妻子说起你们当初的囧事，会亲昵地抱着对方的孩子并红着脖子争论该叫叔叔还是伯伯的问题。你们不再年轻，却不约而同地感叹着年轻真好。

所以趁着一切还没有结束，明天醒来的时候为你们昨天的争吵主动说一声抱歉；趁着一切还没有结束，拉着他去你们絮叨了很久的地方；趁着一切还没有结束，不要顾忌别人的眼光，扑上去给他一个大大的拥抱吧，一定不要忘记那个陪你走过整个青春的人。

因为有些事现在不做，以后就真的再也没有机会了。

有人随你一路流浪

那一年你无比颓废,有个女孩却把你当作整个青春的回忆。

那一年你青涩茫然,有个女孩却把你当作光芒万丈的盖世英雄。

那一年你故作坚强,有个女孩却为你的背影暗自流泪。

青春怎样逝去,那些陈旧的回忆就以怎样的速度涌上心头,没有人是一个人孤单地穿越着那段寂静而又美好的时光的,或多或少,或深或浅,总有那样一个人在你陷入迷茫却毫不自知的时刻不离不弃,即使明知徒劳,即使无比疲惫,却始终不曾离开你的身边。

而你那时候大概会觉得,怎么会有如此笨拙的人呢?因为你思来想去实在无法发现自己身上的优点,好像除了一无是处还是一无是处,所以务必笃定那个缠着你的人终会在某天离去,所谓陪伴不过是怀春少女的一时兴起罢了。

你在她捧着奶茶来找你的时候装作视而不见,把她叠得十分仔细的信封胡乱塞进你的抽屉,在她一脸期待看着你的时候和别的女孩打打闹闹,可是你从未想过那个女孩没有理由为你做任何事情。

有多少次你会想起她呢?在你喜欢的女生不理你的时候,在你通宵打游戏想起作业还没有写的时候，你才将那个女孩从回忆中记起，出于愧疚还是需要陪伴，只有那时候的你才知道。

可是你知道吗，那个为你做了许多事情的女孩同样是她父母眼里的珍宝，那个从未对你抱怨过的女孩同样有很多男孩喜欢，那个你以为永远不会生气也不会离开的女孩有一天也会离开。不是没有选择，而是因为她选择在那段时光里屏蔽掉整个世界，只留下一个不知好坏的你。

生命不在于你遇到了多少人、发生了多少故事，而在于有多少人让你刻骨铭心，有多少事让你难以忘记。那些让你忘不掉的人都是生命里的繁星，那些让你忘不掉的事都是回忆里的岛屿。

可能到最后你还是对她不冷不热，可能到最后都没有收下过她的奶茶，可能到最后都没有认真看过一遍她给你写的信，可能到最后都没有看到那个姑娘转身时砸在地板上的眼泪。

你们就这样走向了各自人生的岔路口，就这样装作视而不见，就这样终于渐行渐远，不顾时光荏苒，不顾风霜雨雪，直到曾经无比熟悉的面容变得模糊，直到记忆里的风景全都变得枯萎。

等到某天你想起她的时候，她已经将对你的感情深埋到心底，不再穿着白球鞋而是穿起了高跟鞋，不再梳着马尾辫而是把头发染成了流行的栗色，不再见了你脸红心跳而是远远地对你点头微笑。

世界上有很多事情都可以重来，但是噬灭在时光深处的情愫将永远不会重来。

认识妍妍的时候我即将进入极度压抑的高三，那时候我们班的一位女生替她转达了很多欣赏我的话。说实话第一次听到这些的时候我十分感动，那些话语至今回忆起来依然深觉温暖。

然后在一个周六的下午，我们在学校的咖啡厅见了面。聊了很久后我发现妍是一个比很多同龄人都要成熟的女孩，那时候她随意扎着及肩的长发，着装简单，落落大方，给人一种很舒服的感觉。她对我说很羡慕那些有梦想的人，她觉得那样的人生才算是真正的人生，为了一件事情倾尽全力，奋不顾身，无论成功还是失败，许多年后回忆起来仍然觉得畅快淋漓。

而我那时候大概在苦笑着吧，想做的事情似乎离自己越来越远，原本对未来无比笃定的内心也在日复一日的打击中变得无法捉摸，在别人看来镇定的外表下压抑着对未来的忐忑与茫然。

那次见面过后，妍妍开始出现在我的生活中，有时是课间递过来的很精细的笔记，有时是写在笔记本上很娟秀的笔迹，有时是在散布着阳光的楼道里很认真地聊天。那些简单而又纯粹的画面，很多时候都成了那段枯燥生活里寥寥无几的调剂。

随着高考的逼近，写作开始成为一件越来越困难的事情，我只有偶尔在课间才能写出一些零星的文字，而妍妍就是那些零星的文字最忠实的读者。也正因为如此，即使在最难熬的日子里我也没有放弃写作，许多年后依然深感庆幸。

因为看过了太多的故事，也写过了太多的故事，我的心思因此而变得细腻，对于妍妍的感情开始有所察觉。可是面对这样一个无比善良的女孩，那时候的我始终无法做出太过决绝的事情。

直到放假的前夕，我预想中的事情还是发生了。妍妍对我说出了那些准备了很久的话，那时闪耀在她眼中的光我至今都难以忘记，只能一字一句地说出拒绝的话。因为曾经看过这样一段话：如果你不喜欢我，就请不要安慰我，因为每次缝补都会遭遇穿刺的痛。

我想大概只有这样才是对这个曾经陪伴过我的女孩最大的尊重，不暧昧，不欺骗，即使拒绝也黑白分明。那天妍妍哭了很久，但最后她还是给了我一个微笑。在所有的感情中，即使分离也不歇斯底里是最为难得的。

再次开学听闻了妍妍转学的消息，虽然心中早已有了答案我还是问她为什么，当她说出那句因为你呀的时候，我心里有些莫名的哽咽。多年过去了，如果她能看到这篇文章希望能理解我当时的选择，也希望她能在岁月的打磨下变得更加优秀，我至今为那段她温暖过我的时光深感荣幸。

请一定要善待出现在你青春里的那个女孩，她是上天派来帮助你的天使，让你变得优秀，让你变得成熟，让你不再畏惧。你不必给她任何承诺，要做的就是好好经营自己。

她从未成为你生命中的主角，从未向你提出过任何要求，从未在你身前任性，只是那样安静、那样坦然地陪你走过了那段最为难熬的晦暗时光。

你也千万不要在多年以后念起她的好，她已经有了自己的生活，会对着喜欢她的那个人面露微笑，会在新的城市努力扎根，会在属于她的路上越走越远。

你要尊重她，即使她为你做了一百件事情，却不需要你为她做哪怕一件事情，她只是遇到了当时迷路的你，然后出于好心陪你走过那段路程。

多年以后你们在某个路口相遇,一定要笑着和她打声招呼,不疏远也不过分亲密,过去的就让它过去,不要念念不忘,无须感到无法释怀,一切都是最好的安排。

那年天空飘着雨,

那天你突然迷了路。

未来是一副模糊的光景,

回头是消失不见的路。

有个人突然对你说:

"嘿,往这儿走。"

然后随你一起流浪。

有一天她消失不见,

请不要忘了感叹那是最好的时光。

记忆中日渐衰老的面容

那时你咿呀学语，有个人捧着你的脸一字一句地纠正你。

那时你写着拼音，有个人在深夜认真给你一页一页批改。

那时你受了委屈，有个人用她素白的衣衫给你拭去眼泪。

那时你无比调皮，有个人即使生气还是在微笑地看着你。

那时你懵懂无知，有个人每天耐心地给你讲着许多道理。

那时你想要飞翔，有个人用她全部的力量帮你站在高处。

大概在每个人的记忆里都有这样一位老师，那时候她正年轻，那时候她比你妈妈还要宽容，那时候她总喜欢逗着你。而你呢，一脸稚气，摇摇摆摆，不懂感恩，最多只知道偷偷地带一颗好吃的糖送给她。

那时候的天空是真的很蓝，那时候的鸟似乎也飞得很高，你还没有学会上课偷偷看漫画，仅仅是下课丢沙包的游戏就能让你雀跃一整天，直到回家都念念不忘。

你总喜欢让人管着，上课铃响了非要等她对你装作板着脸，才肯回到教室；黑板上写满板书非要等她摸摸你的头，才肯低头抄写；放学了非要等着她抱抱你，才肯牵过你父母的手。

她可能是伫立在你年少生命里的一面旗帜，你因为一包简单的零食每天坚持背着古诗，因为画在作业本上的一面红旗每天工工整整地写着作业，因为想要早点听到她的鼓励而第一个来到教室。

她是你人生中的第一个伯乐，可能因为她在不经意间夸赞了你的嗓音，你在许多年后选择了播音主持的专业；可能因为她在一场辩论中对你投以赞许的目光，你在许多年后成为一名优秀的律师；可能因为她在你抱起一只小狗的时候肯定了你的善心，你在许多年后依然是一个富有善意的人。

她可能是你崇拜的第一个人，你觉得她无所不知，无所不能。她能轻易地告诉你一个你绞尽脑汁都没有想出来的点子，能用一把剪刀将一张卡纸变成一朵花，能在你转着眼睛的瞬间判断出你撒了一个谎。

等你终于长大，终于独立，才发现当年她知道的那些事你也知道，甚至比她知道得更多；发现她当年剪出的那朵花其实很普通，你身边的很多女孩都比她剪得更好；发现判断一个小孩子有没有撒谎是一件很容易的事情，因为你那时候根本不会撒谎。

可是依然是她，用瘦弱的身躯让那时胆怯的你觉得安心；将或多或少的学识毫无保留地交给你，明知道你多年以后可能会轻易地忘记她，仍然用尽全力去温暖你。

等有一天你回到你的家乡，去你的母校寻找记忆的时候，她依然守在那里。除了日渐衰老的面容以外，你发现她对你们所有人的关心从未改变，无论你在外面是否功成名就，在她面前永远是那个流着鼻涕的跟屁虫。

这么多年，我读过许多书，换过许多学校，遇到过许多老师，可是我最为感激的仍然是我的第一位语文老师。记得那时候每个学期学校都会布置一篇作文，题目是"我的老师"，时隔多年我重新写起当初让我无从下笔的那篇作文，却满心怀念。

那个时候因为太过调皮，我几乎是让所有老师都"头疼"的一名学生，据某位老师在一次聚会中描述，我常常在课上到一半的时候钻到桌子底下。

可在我的第一位语文老师眼里我不是那样的，她那时候总是鼓励着我去阅读，去写作。在所有同学都写着从作文书里背来的好词好句时，她为我原创的作品感到欣喜；在我因为偏科而没有得到奖状的时候，她为我颁发了亲手制作的奖状；在我开始怀疑自己的时候，她用红笔每天在我作文的结尾写上一个大大的"棒"字。

那时候她穿着正装，很有事业心，是我们学校的教研组长，可是她从来没有因为自己的事情耽误给我们上课，相反，她记得自己的每一位学生，如果说有谁真的在把作为教师当作一件光荣的事情，在我生命里她是为数不多的人之一。

是她发掘了我的第一个潜力，让我后来无论身处怎样的境地都始终相信自己。那些鼓励的话至今在我耳边回响，那张字迹模糊的奖状我依然小心地收藏着，那个大大的"棒"字在我想要放弃的时候温柔地提醒着我。

我后来遇到过以严厉著称的老师，可是我再也没有遇到过一位像她那样的老师。如今回想起来，我依然为能在最为懵懂无知的年纪遇到那样一位老师而深感庆幸。

年少的梦想很多时候真的就像一枚脆弱的种子,有的梦想可能还没等到发芽就被现实无情地击碎了,那些愿意用自己的善意去守护别人梦想的人无论何时都值得我们用最大的敬意去对待。

无论现实给了你什么,你都要好好地收着,不能因为一路春暖花开就沾沾自喜,也不能因为一路草木凋零就怀疑人生。你要始终记得曾经发生在你生命里的那些温柔而又美好的事情,它们存在的意义就是让你同样成为一个温柔而又美好的人。

如今她早已在你的记忆中远去,你开始处在喧闹的人群中寻找属于你的方向,终于进入了原本无比憧憬的成人世界,却再也没有当初的那份兴奋与向往。你会无比疲惫,会怀疑人生,会感叹原来那时才是最好的时光。

当你再见到她的时候,不要忘记停下身子好好地陪她说说话。如果她想摸摸你的头,请一定不要闪躲,因为你以后可能再也没有这样的机会了。如果她想拍拍你的肩膀,请一定要站直身子,让她知道你已经可以独当一面。如果她问你有没有女朋友,请不要说谎,你可能和许多年前一样还是骗不了她。

如果可以的话,每年的教师节都送她一束花,你要明白她也只是一个普通的女人。如果可以的话,每年回去都看看她,你要知道她可以在你身上看到她年轻时的影子。如果可以的话,再给她写一篇作文或者算一道奥数题,你要记得那是她做了一辈子的事情。

出现在你生命里的每一个"她"都值得你好好怀念,当你许多年后终于长大,她又将陪伴新的"你"度过那段最美好的年纪。那记忆中日渐衰老的面容承载着无数个逝去的年华,你只能缅怀却无法重回，能做得最好的事情便是不要辜负。

　　就让她永远年轻吧，

　　你在她心里永远是那个长不大的小孩。

　　就让她不再老去吧，

　　而你要十分努力才能不让她失望。

　　就让她活在你的记忆里吧，

　　那些美好的画面将只能怀念永不再倒回。

　　朋友，愿你始终不要迷失，愿你一路勇敢闯荡。

再也回不去却始终无法丢弃的美好

一生中能有多少次那样的时光呢？你们在人海中萍水相逢，你们相互间挤眉弄眼，你们肆意作弄着彼此，你们相互看着看着就会有一个人先绷不住，指着对方大笑起来。

同桌对你来说是一种怎样的存在呢？是那个你下自习后对他说永远不要再见却期盼着第二天还能见到的人，是那个你嘲笑了无数次却不容许别人哪怕说一句坏话的人，是那个无论刮风还是下雨，每天都会准时赶来见你的人。

你晚上回去贪玩没有写作业，第二天对他说快把作业借我抄抄。你晚上在被窝里偷偷看了一夜的小说，第二天对他说我睡会儿，老师过来叫我。你晚上一直翻身没睡好，第二天对他说我头发乱了，你不许笑我。

你们可能在一起同桌了整整三年，也可能你们刚同桌不够一天就被班主任分开，但无论是哪种，一定会有一个人固执地待在你的记忆里让你永远无法忘记。

你们会在某节音乐课上听着同一首歌，你在后来一个人的日子里时常听起那首歌。你们会在某节语文课上看着满满的板书发呆，然后很默契地说你抄一段，我抄一段。你们会在课间活动买了一包零食，然后两个人抱着很开心地吃着。

那时候你们的衣袖里藏着同一副耳机，那个小小的MP3里面藏着你们的整个青春。那时候你们座位中间的包里经常放着小说，那些小说是你们那时候唯一的消遣。那时候你们的课本上画着不同的涂鸦，每张被你们玩坏的插图都能让你们笑上一整天。

可那时候的你们是多么的坏呀，在把作业借给对方抄的许多天后突然站起来对老师说：×××没有写作业，在他睡觉的时候捏着鼻子发出打呼噜的声音，或者在他起身回答问题的时候偷偷挪走他的凳子，然后看着他在全班同学面前出丑。

可是你们从来没有真的生气，依然在对方生病的时候担心得要死，依然在对方被老师批评的时候小心地安慰着对方，依然在对方想要放弃的时候微笑地鼓励着对方。

你们从来没有想过要和别人做同桌，每次换座位的时候你们都央求着班主任要求继续坐在一起，然后在第二天假装苦着脸说怎么还是你，其实内心早就欢喜了一百遍。

等到毕业的时候才发现你们写过的字条扔了一袋又一袋，才发现你们一起买过的书用好几个包都装不下，才发现你们为了那个掉漆的MP3不知道换了多少副耳机，而你们给彼此写同学录的时候却只简单地留了珍重珍重。

静静是和我坐过最久的一位同桌，那时候的我们有着相同的处境：同样怀揣着梦想，同样在为偏科发愁，同样在为横在面前的高考拼命地挣扎着。

在做同桌以前我们说过的话寥寥无几，那时候只是觉得静是一个特别的姑娘，在那个很多女孩大多留着短发、戴着眼镜的重点高中里，留着长发也可以算作一种特立独行。

随着相处的时间越来越长，我们的交流也变得多起来。她对我说她的梦想是成为一名化妆师，即使在那样压抑的时光里，也没有磨灭她对美的追求。

和很多青春小说里描写的一样，我们会在写作业的时候分享同一副耳机，因为一个月只能回一次家，很多时候有些歌已经听到作呕却只能乐此不疲。那时候记得最清楚的就是一个人跑到门口放哨，另一个人跑到讲台上把充电器拔下。

我们也曾为了一本杂志而争得面红耳赤，可能有时候杂志本身并没有多么大的诱惑力，单单是因为年少的好胜心在作祟。如果谁同时听着歌、看着杂志，就会被对方调侃说成是小资。

那时候我们曾买过一叠厚厚的便利贴，专门用于写字条。那些没有老师的自习课上，我们就用那些小小的字条交谈着，关于过去，关于现在，关于未来。

而更多的时候，我们和其他学生一样，在为日渐逼近的高考努力着。那时静静给我讲着英语，我给静静讲着语文，现在想起来颇有一些取长补短的意味。物理当时是一门让我们很头疼的学科，为此我们一起买过厚厚的五年高考三年模拟在课间的时候凑在一起研究，后来很多次聊起这件事我们都打趣着说也算有过共患难了。

有一次我因为吃错了东西而难受了很久，静静会在课间跑去帮我打来热水，或者在我桌上放上容易消化的点心，在我请假的时候她也会认真地帮我做好笔记。而我那时候偏偏是一个倔强的人，明明心里十分感动却不肯说一声谢谢。

我们就这样一直同桌到了高考，那些纯粹而又美好的时光即使在高考面前仍然显得无比静谧。而后一切如约而至，查分数，填志愿，我们各自被录取到了不同的城市。分开的时候每个人都显得无比自然，即使心里波涛起伏，即使心里翻江倒海。

高考后的聚会，很多人都去了，大家并没有像原先说的那样去放纵，相反很多人都是一副平静的样子。我和静静那天胡乱比画着，聊起了从前那段再也回不去的时光。最后每个人都笑着摆摆手，大笑着说干吗板着脸呀，又不是再也不见了。

你会从容地走过这段岁月，会最终走向分岔路口，会和他去往不同的城市。而那些真实存在过的场景，最终只能被铭记，你始终无法带走。

你以为会忘记她，可是每次翻开相册的时候却会不自觉地寻找他。你以为会讨厌她，可是夹在书里面的某张小字条一直小心收藏着。你以为会不想见到她，可是每次同学聚会都会先询问她会不会去。

你荒唐的、无措的青春，总会有人陪你一同度过，你们待过的那间教室会重新进入年轻的面孔，他们会替你们上演着曾经的种种。而你有一天终于接受了这一切，开始意识到该开始新的生活了，等到那个时候就真的长大了。

她是你青春里的过客，是你年华中的缩影，她裹藏着你微小的情绪，去往了和你不同的远方，一定要珍惜你们的每一次见面，因为你不知道这一次会不会是永别。所以下次见面的时候一定要对她说一声：嗨，老朋友，好久不见！

以后你也再不需要偷偷摸摸地听歌，

可是也再没有人去和你分享同一副耳机。

以后再也没有人管你上课看什么书，

可是也再没有人去和你抢一本杂志。

以后你会遇到很多很多的人，

可是也再没有人去和你写满一袋子小字条。

就是这样一种美好，你明知再也回不去却始终无法丢弃，因为我们都知道，有些东西一旦丢了就真的再也找不回来了。

第五章

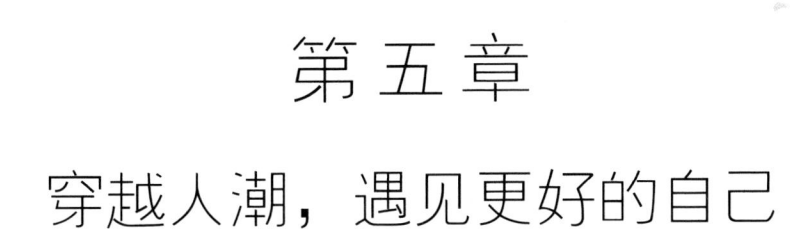

穿越人潮，遇见更好的自己

孤独是成长的必修课

在我们的生命中有很多孤独的时刻,当你离开父母独自去往远方的时候,当你告别朋友来到一座陌生城市的时候,当你生命中很重要的人离开的时候,当你一个人坚持了很久还是看不到希望的时候。

你看着街上熙熙攘攘人来人往,却无法与那些喧嚣和繁华产生一点共鸣。你看着身边的人分分合合渐行渐远,却无法从记忆中找出曾经相处过的时光。你看着窗外灯火辉煌人声鼎沸,却无法摆脱内心深处的沉重情绪。

我们每个人都害怕孤独,你害怕一个人逛街的时候被熟人撞到,因为不想让人以为你是孤单一人;你害怕一个人吃饭的时候被朋友看见,因为不想让他们认为你在被别人孤立;你害怕一个人看电影的时候遇到前任,因为不想让对方认为他离开以后你只能自己生活。

你可能刚刚离开父母来到一座陌生的城市打拼,有很多事情需要学着一个人去面对。再也不会有人在下雨的时候撑着一把雨伞等你,你只能一个人寻找一个屋檐等待雨过天晴。再也不会有人在你生病的时候对你嘘寒问暖，你只能一个人熬过那段让人心酸的时光。再也不会有人在你受委屈的时候不厌其烦地安慰你，你只能一个人去经营属于你的生活。

你以为你走的那天一定不会哭，可是在你转身的瞬间还是没能忍住自己的眼泪。在过往的二十几年里，你一直在向往着自由，可等自由真的摆在你面前的时候，却想赖在他们跟前不走。而当他们的身影彻底模糊的那一刻，你才知道从前的你有多么的荒唐可笑。

但是不管你是否愿意，都只能头也不回地与他们告别，因为不能直到要离开了，还让他们觉得你仍然是那个长不大的孩子。有时候，成长不是你学会了多少东西，也不是你突然变得有多么强大，而是你开始懂得不让身边的人担心。

当你告别朋友在一个新的地方举目无亲，有很多时间都只能一个人孤独地度过。没有人在你难过的时候陪你举杯痛饮，你只能一个人去消化那些负面的情绪。没有人在你失恋的时候对你轻声细语，你只能一个人度过那些让你感到悲伤的时光。没有人在你生日的时候给你送上惊喜，你只能忍住眼泪为自己点上一支蜡烛。

你以为到了分别的那天一定不会这么难过，可是当你想到也许要过很久才能重新见到他们的时候，还是忍不住湿了眼眶。你们一起叛逆一起逃课，一起喜欢过同一个女孩，一起在毕业的那天兴奋不已。你害怕，像你这么差劲的人再也找不到这样的朋友。

但是不管你心里有多少不舍，你们都要去往各自的下一站。你必须开始习惯离别，因为没有人可以一直陪着你，也没有人会一直在你身边。我们生命中的很多人只能陪我们走一小段路，然后挥手道别开始各自新的人生。

你分手之后一个人默默流了很久的眼泪，有时候觉得整个世界都要崩塌了。不再有人在你刚睡醒的时候对你说一声早安，你只能开始习惯一个人的生活。不再有人在你需要的时候给你一个拥抱，你只能在夜深人静的时候告诉自己你还好。不再有人在你快要睡觉的时候给你一个吻，你只能对着空荡荡的房间发呆直到深夜。

你以为没有他也可以生活得很好，可还是会在没有人的时候偷偷掉眼泪。你总是想起你们经历过的所有事情、吃过的每顿饭、去过的每个地方。怕再也没有人对你那么好，怕你要一个人孤独很久。

但是不管你心底有多么不甘，都必须接受现实。因为有些事情你无法控制，无法控制对方是不是能一直喜欢你，也无法控制对方是不是能一直和你在一起。你能控制的只有你自己，只要在这段时间里没有辜负自己就够了。

对一件事情你坚持了很久还是看不到希望，有很多次都产生过想要放弃的念头。几乎没有人会帮助你，只能一个人扛过那段让你感到绝望的时光。几乎所有人都在劝你放弃，只有你自己知道是为了什么而一直坚持着。甚至连你最亲近的人都不看好你，你只能一遍遍地告诉自己不能放弃。

你以为即使一个人也没有关系，可是在很多时候还是会感到无助。你不想每一步都走得那么辛苦，也不想拼尽全力到最后还是无济于事。你怕到最后一无所有，怕在别人眼里活得像个傻子。

但是不管有多么想要放弃，也不管觉得自己有多么辛苦，你还是要坚持下去。因为你不能等到老了以后才开始后悔，那时候无论有多么的后悔和不甘，都只能选择接受现实。

渐渐地你会发现孤独不是一件让人恐惧的事情，所有的恐惧都来自内心的不够强大。因为从来没有独处过，才会害怕一个人生活。因为把自己看得太轻，才会害怕失去。因为担心遇不到适合自己的人，才会害怕离别。因为不懂得该如何坚持，才会害怕陷入孤立无援的境地。

谁都不是天生强大的人，独自行走会感到孤独，被人误解会觉得委屈，遭遇失败会想要放弃。但是这些事情是我们生活中的一部分，无论你是否想要面对，都必须选择接受，因为这就是生活本来的面目。

以前你觉得告别亲人等同于流离失所，现在发现你可以把自己照顾得很好。你学会了一个人拖着行李箱在陌生的城市找房子，学会了回家后给自己炒一两个简单的菜，学会了在给父母打电话的时候让他们安心。没有什么是不可以战胜的，你需要战胜的只有你自己。

以前你觉得道别之后就再也不会相见，现在发现所有的生离死别都是自己想象出来的。你开始在新的城市拥有许多朋友，开始试着给陌生人一个微笑，开始试着成为别人生命中最重要的人。你只有成为一个温暖的人，才能坦然地面对离别。

以前你觉得分手无异于世界末日，现在发现真正重要的只有自己。你不再为一个人难过得连饭都吃不下，不再因为想念而无法入睡，不再为了不相干的人把自己折腾得死去活来。你必须先学会爱自己，别人才会去爱你。

以前你觉得别人的看法比什么都重要，现在发现只有把注意力放在自己身上才能做好眼前的事情。你不会因为别人的一句话而开始怀疑自己，不会因为别人的议论而急着想去辩解，不会因为别人的嘲笑而选择放弃。只有试着不去在意一些东西，你才能听清自己内心的声音。

习惯孤独的过程其实就是自我成长的过程，放下那些你应该放下的东西，开始习惯那些你应该习惯的东西。有些时光你只能一个人熬过，谁都无法替代你，即使觉得无所适从，即使觉得暗无天日，也只能坚持自己走到最后。

不要沉浸在自己的世界里无法自拔，也不要无动于衷等着生活改变。试着去学习一项新的技能，试着去学习一门新的语言，当你专注于一件事情的时候会发现有些事情已经无暇顾及。去一个以前没有去过的地方，结交一些新的朋友，在经历过这些以后你会慢慢开始变得强大。

没有谁的生活是一成不变的，也没有谁的生活是充满温暖和陪伴的，我们每个人都有一段路需要自己走过，谁都无法一直陪着谁。有人待在你身边固然值得感激，但如果身边暂时没人陪伴也没有关系，至少你知道我们都曾有过这样的经历。

一个人的时候让自己平静下来，吃好每一顿饭，睡好每一次觉，每一次孤独都能让你认清自己。你要学会如何与自己相处，如何去对抗那些负面情绪，这样，在下一次孤独到来的时候才不会那么手足无措。

身边有人的时候尽量让自己表现得正常，毕竟孤独这种东西天生无法和人分享。每个人的心底都有一小块只属于自己的地方，用来在一个人的时候慢慢体会。你永远无法从别人那里听到你想要的答案，所能依靠的只有自己。

愿你吃过有很多人的饭，愿你路过很多城市也看过许多风景，愿你经历过很多故事也有过不少回忆，愿你正身处孤独最终等到春暖花开。

梦想是一场孤单的旅行

我们身边总会有这样一些人，他们与周围的一切格格不入，似乎从来都不会去在意别人的看法，只是一心一意地按照自己的想法活着。

很多人都在谈梦想，可是关于梦想你真正能付出的可以有多少呢？你总是决心改变却静不下心来，总是期待成长却没有任何付出，总是想要前行却在原地打转，总是渴望成功却又耐不住寂寞。

看到身边的人都在准备考研，你也跃跃欲试地想要加入考研的大军。你说你一定要弥补高考留下的遗憾，于是给自己制订了很详细的计划——七点起床，每天背一百个单词，每天做一套题。一开始你信心满满，一副不达目的绝不罢休的样子，可是没过多久就开始想要放弃。

你觉得每天早起太累，不如睡个好觉；你觉得背单词太辛苦，不如躲在寝室看电视剧；你觉得做题太枯燥，不如做点自己喜欢的事情，于是你又回到了一开始时的状态，每天无所事事，一觉睡到自然醒。等到身边的人都实现了自己目标的时候，你才开始疑惑最初的信誓旦旦都去哪里了。

朋友拉你去减肥，你看着自己的一身赘肉把网名换成不瘦十斤不改网名。你说一定要成为自己想要的模样，于是买了很多关于减肥的书籍，扔掉了所有的零食，还跑去健身房办了年卡。所有人都觉得这次你一定可以瘦下来，你已经不止一次地想象过自己瘦下来的样子。

到最后你的减肥计划还是不了了之，因为你觉得坚持对你来说是一件很困难的事情。你看了那么多的减肥书籍，却无法做到其中的一条。你扔掉了所有的零食，还是会忍不住去超市再把它们买回来。你办了健身房的年卡，只去了两次便觉得索然无味。一个月后你发现自己的体重没有任何变化，于是开始感叹付出和回报不成正比。

你发现很多人都加入了各种组织和社团，于是也兴致勃勃地想要得到锻炼。你说一定要在四年以后有一个大的改变，于是看了很多海报，投了很多简历，填了许多表格。你相信这次一定可以学到许多东西，已经迫不及待地想要证明自己。

没过几天你的热情就开始减退，因为你觉得这样的生活太过辛苦。你想得到锻炼，却做不到全身心的投入。你决心改变，却不想牺牲自己的休息时间。你想要成长，却又总是在怀疑努力的意义。到最后几乎每个人都有了属于自己的收获，而你却无法在自己身上发现任何改变。

生活有时候就是这样，你想得到一些东西就不得不失去一些东西。你想要旅行，就不得不腾出时间来做一些准备。你想要感动一个人，就不得不放下自己原先的顾虑。你想要实现梦想，就不得不花很长时间来使自己变得更好。

这个世界从来都是公平的,如果有人在某方面令你羡慕,那么他一定在背后付出过你无法想象的努力。你不可能什么都不做就能拥有很多东西,也不可能一直待在原地就能获得想要的答案,毫不费力一向都是电视剧里的桥段,跌跌撞撞才是生活的常态。

我们需要到过很多地方才能知道自己想在哪里度过余生,在此之前的所有颠沛流离都是一种试探。我们需要做过许多事情才能知道什么是自己真正想做的,在此之前所有的经历都是确定前的尝试。我们需要爱过一些人才能遇到真正与自己合拍的人,在此之前所有的感情都是找到真正归宿前的"流浪"。

所以从一次小的行动开始,从一些微小的回报开始,也许你无法做到在一夜之间脱胎换骨,但可以做到每天给自己一点感动;也许你无法让所有人都喜欢,但可以做一个让自己满意的人;也许你永远都无法成为你真正想要成为的人,但可以为自己的努力热泪盈眶。

孤独没有关系,看不到希望也没有关系,只要你始终朝着自己认定的方向努力前行就够了。也许你每天都会面对别人的质疑,也许每天都在承受来自现实的压力,总有一天会学会平静地面对这些,因为只有你知道自己为什么而坚持着,也只有你知道什么才是自己真正想要的。

你没有选择随波逐流,没有选择安逸的生活,是因为已经厌倦了这种生活,并且想要改变现在的处境。谁都不知道自己拼尽全力可以得到一个怎样的结果,但至少不要等到一切成了定局才开始行动,也不要等到自己老了才开始后悔。

这个世界上有人选择改变就有人选择接受,有人选择前行就有人选择等待,有人选择奋斗就有人选择平庸,你永远不能改变别人的想法,所能做的就是按照自己的想法一直坚持下去。不是你做的每个决定都会有人赞同,不是你的所有遭遇都会有人理解,不是你的每次旅行都会有人陪伴,慢慢地你会明白即使处在孤立无援的境地,仍然义无反顾地坚持要做的事情才是你真正想做的事情。

娜娜是我的大学同学,一直以来她都在过着独来独往的生活。她似乎从来没有任何朋友,每次见面都是一副很匆忙的样子。在大一的一次同学聚会上,我和娜娜聊了起来。那天所有人都毫无顾忌地开着别人的玩笑,只有她一个人坐在角落里静静地看着这一切。

我问娜娜怎么不和大家一起玩儿,她说一会儿还有事情得早点走,然后便是良久的沉默。过了好一会儿她抬起头来问我是不是觉得她和别人不一样,我摇摇头说没有。娜娜说她的父母都是农民,她从来都没有觉得自己是和别人一样的。我一时有些语塞,不知道该说些什么,只能对她笑笑。

娜娜说别人的梦想听起来都很美好,有的人想去旅行,有的人想当画家,有的人想当歌手,而她的梦想很简单,就是靠自己的努力在这座城市扎根。娜娜说每次回到自己家里都有一种想逃离的冲动,她无法接受自己的未来要重复父母的生活。

娜娜说每天都活得很累,六点半起床背单词,八点去图书馆自习,晚上去教育机构给快要高考的学生补课,因为舍不得打车每天都要走很长的路,因为缺钱只能吃面包充饥。每天晚上回到寝室她都觉得自己快要散架了,可是只能选择坚持下去,因为她知道自己没有任何退路。

我问娜娜有没有想过放弃,她说从来都没有,这是改变命运的唯一机会,错过了就只能认命了。所有的不够坚定都是因为有所倚仗,你之所以想要放弃,是因为除了这件事以外还有别的选择。你之所以不那么努力,是因为你知道即使输了也不会一无所有。

娜娜说真正让她觉得煎熬的不是每天活得有多累,也不是坚持得有多辛苦,而是每天都要面对别人的风言风语。别人对她的议论从来没有停止过,有的人说她假正经,有的人说她装清高,甚至有的人说她再怎么努力也没有用。

在很多时候,能陪你走过孤独的人只有自己。你在难过的时候不过是想听一句安慰的话,结果却遭受了别人对你的伤害。你在看不到希望的时候不过是想听一句鼓励的话,抬头却看到别人冰冷的表情。你在面对挫折的时候不过是想要有个人陪伴,结果却听到别人对你说"你干脆放弃好了"。

"感同身受"这种东西从来都只存在于想象之中,大多数时候你只能独自消化那些负面情绪。因为没有相同的经历,所以你的不肯放弃在别人眼里可能是不可理喻。因为没有相似的感受,所以你的痛不欲生在别人眼里可能不痛不痒。因为没有共同的期待,所以你的坚持到底在别人眼里可能不堪一击。

太过于把注意力放在别人的评价上,就会忽略努力原本的意义。无论是否有人一直陪你,也无论是否有人认同你,你都要相信努力的意义。你努力不是为了获得别人的称赞,也不是为了让别人认同你，而是因为你想去看自己喜欢的风景，配得上自己喜欢的人，成为自己想象中的样子。

更多时候你应该把注意力放在自己身上，想想是在为什么而坚持着。与其希望得到别人的认同，不如努力做到自己心目中的最好。与其等待一个好的结果，不如尽力使自己安心。没有什么东西会在未来等你，你只有依靠自己的努力才能离想要的生活近一点。

愿你在这段时间里学会与自己相处，并且不再害怕孤独。愿你不去在意别人的看法，并且真正变得强大。愿你从未停下脚步，最终看到自己喜欢的风景。

愿你和自己的远方不期而遇

旅行对于每个人来说有不同的意义,有的人希望通过旅行成为更好的自己,有的人希望在旅途中有一场美好的邂逅,而有的人仅仅是因为厌倦了当下的生活想去不同的地方看看。

对于很多人来说旅行是一件很自我的事情,无论在你身上发生过什么样的事情,也无论将要面对怎样的结局,你都能获得一段与自己相处的时间。在这段时间里你可以细数自己的过往,也可以静下心来思考正经历的一切。

不知道从什么时候开始,似乎所有人都进入了一种忙碌的状态,很少有人会为了生活而停下脚步。每个人都忙着在社交网络上展示自己的状态,忙着把自己正在经历的事情分享给朋友,忙着把自己认为重要的东西收藏起来却很少再去翻看。

即便是旅行,也成了一种刷存在感。你看到攻略上推荐某个地方就马不停蹄地出发,根本不考虑是否喜欢那个地方。你看到网上一个地方的图片很美就开始制订计划,却从未研究过当地的风土人情。你接到朋友的邀请就不假思索地同意了,完全忽略了你不擅长跟别人相处的事实。

身体和灵魂总有一个要在路上，你的灵魂必须跟得上你的身体，我们很多时候都在被时间牵着走。搞砸了一件很重要的事情，还没有来得及反思就一头扎入新的生活里。遭遇了一场重大的变故，即使心有余悸，为了生存还是不得不投入到忙碌中。经历过一段失败的感情，还没等到痊愈就匆匆开始一段新的感情。

于是我们都在这样的生活中迷失了自己，成了和自己当初最讨厌的那群人一样的人。想要趁着年轻再为自己的梦想努力一把，到最后却不得不向现实低头。想要在喧嚣的世界里拥有一份真正的爱情，最终却还是选择了将就。想要高举着理想的旗帜永远不向现实妥协，结果还是成了再平凡不过的普通人。

旅行虽然无法改变你的处境，也无法让你脱胎换骨，但是你一定会在旅途中遇见一个前所未有的自己。你会在一个陌生的城市看着清澈的天空找回遗失了许久的平静，会在夜幕林立的高楼中记起那个给过你无数次感动的人，会对着翻滚着浪花的大海重新找到属于自己的方向。

可是你的计划总是会被轻易地搁置，给自己找了一堆让人无法反驳的借口。你认为旅行是一件太过于消耗时间的事情，还不如趁着年轻去做自己真正想做的事情。你觉得旅行是一件奢侈的事情，还没有资格去追求诗和远方。

你说旅行太过于消耗时间，可是却把大把的时间放在了无关紧要的事情上。几乎每个晚上你都在刷着微博度过，你的周末都奉献给了最新的电视剧，而你的假期则在无休止的聚会和活动中消耗殆尽。你用了大把的时间去做这些无关紧要的事情，却不肯抽出一点时间认真地看看这个世界。

你说旅行是一件奢侈的事情,觉得机票太贵而火车又太过颠簸。你的柜子里塞满了昂贵的衣服,可是遇到自己喜欢的总是毫不吝啬继续买。你愿意为了这些事情轻而易举地付出,却从来没有想过给自己一个重新认识自己的机会。

有些事情是没有办法等待的,因为等待会让一个人的热情消减。我们总是习惯把当下的一些事情留给以后,可是到最后这些事情很容易就成了遗憾。你永远无法预料自己若干年以后的模样,唯一能够抓住的只有现在。

你曾经对一个地方无比向往,却由于各种原因只能一直观望,当你若干年以后终于去了那个地方,却早已没了当初的期待。你曾经对一个人念念不忘,阴差阳错却一直没能在一起,当你许多年后再遇到她的时候却再也感受不到最初的悸动。你曾经无比执着地想要做一件事,却始终在遭遇失败,当你很多年后终于证明了自己内心却没有任何起伏。

所以丢掉什么也别丢掉梦想,输给什么也别输给懒惰。真正难以战胜的不是生活的艰难,也不是现实的残酷,而是你始终不知道该如何面对自己。打败你的往往不是来自外界的压力,而是你缺乏面对自己的勇气。

阿凉是我在旅行时认识的一个女孩,那天的她一手握着话筒,一手抱着吉他,哼唱着一些很小众的民谣。留着寸头穿着衬衫的她,即使在酒吧那样嘈杂的环境中依然引人注目。

每到一座新的城市,我都会去当地的酒吧看看。对于很多人来说，酒吧有着特殊的意义。无论你在白天需要扮演怎样的角色，在这里都可以卸下防备、撕掉伪装。灯光从不同的方向打在每个人身上，然后再缓缓移开，有人正在默默流泪，也有人安静地看着周围的一切。

不知道过了多久，阿凉开始收拾自己的东西，于是我过去和她攀谈起来。阿凉说她很喜欢旅行，这家酒吧是她工作的地方，每去完一个新的地方她都会回到这家酒吧工作一段时间。她说酒吧里每天都会来各式各样的人，总是会有人点歌，但她只唱自己喜欢的歌。

在把吉他装进琴箱后，阿凉问我知不知道她为什么要把头发剪短，我看着她摇了摇头。她说曾经有过一个谈了四年的男朋友，从军训到毕业，整个大学他们都在一起。那个男生和阿凉一样，喜欢音乐，喜欢旅行。那时候他们总是去不同的地方演出，一起为共同的梦想努力。

可是到了毕业的时候，阿凉的男朋友选择去工作，他对阿凉说了很多我爱你的话，并且希望阿凉能和他一起。阿凉说她不会因为任何人改变自己的想法，于是他们在经历了三个多月的异地恋后选择了分手。

阿凉对我说，以前总以为他们的爱情不会被现实打败，过去每当身边的人分开的时候那个男生都会握紧她的手给她唱歌，让她觉得他们的爱情没有那么不堪一击，可是到最后她还是要面对和别人相同的结局。

分手后，阿凉去了很多不同的地方。几乎每个失恋的人都会选择去旅行，你可能会在某个地方见到一个背影和他很像的人，也可能会在一座新的城市遇到一个对你很好的人。你可以选择放下，也可以选择不去忘记。旅行的意义不是让你放下之前的感情，而是让你学会平静地面对自己的过去。

去的地方越多，你就会发现自己的很多遭遇都微不足道。这个世界上每时每刻都会有人正在经历着一些事情，每个人的心底都有着或大或小的伤口。你永远不知道现在站在你面前的人曾经经历过怎样的事情，也不知道与你擦肩而过的人将来会和你发生什么故事。

阿凉说她剪短头发是为了和过去告别，不是所有在生命里重要的人都可以一直陪着你。旅行教会她最重要的一件事情就是随时都可以开始新的生活，她必须明白什么是自己真正想要的，才能够避免一直活在过去。

也许你曾经因为别人的伤害而开始怀疑人生，但当你在火车上看到一张天真无邪的笑脸时，会重新开始相信人世间的美好。时间可以使人成长，谁都不知道自己将来会以怎样的面目出现，但至少我们都应该拥有为一件小事而感动的能力。

也许你觉得自己已经丧失了去爱别人的能力，但当你在一座陌生的城市看到一对争吵了很久的情侣重新拥抱在一起的时候，会想起那个曾经被你深爱过的人。我们的生命中会出现很多人，你不知道他们会在你的生命中扮演怎样的角色，但至少可以选择不去辜负。

也许坚持对你来说已经是一件很困难的事情，但当你在陌生的街头看到衣衫褴褛的乞丐时，会重新开始思考坚持的意义。很多时候我们坚持不是因为对当下的厌倦，也不是因为对未来的笃定，而是因为我们想在还年轻的时候用坚持去赌一种可能。

可能你需要漂泊很久才能安定下来，可能流浪了很久又回到了出发的地方，但是没有关系，我们需要去过真正的远方才能过上自己想要的生活，需要爱过一些人才能找到与自己合拍的人，也需要坚持过一些事情才能明白努力的意义。

这些都是我们必须经历的，没有人可以例外，愿你在经历过这一切以后和自己的远方不期而遇。

愿你被爱伤过仍能从容生活

一个人在另一个人心里的分量能有多重,我们不得而知。也许他在你最憧憬爱情的年纪出现,然后给你造成了很深的伤害,你用了很长时间才使自己从那段感情中走出来。也许对方只是从你的世界里路过,你们之间没有任何值得回忆的画面,可你就是没有办法忘记他。

因为害怕面对离别,因为不想面对失去,所以在一段感情中我们总是轻易地看轻自己。不知道从什么时候开始对方成了你的晴雨表,对方给你一个微笑你就觉得整个世界都在对你敞开怀抱;对方过了很久都没有回复你的消息,你就开始坐立不安,担心对方就此从你的世界里消失。

你觉得对方是整个宇宙中最温暖的人,只要对方在你身边你就有面对一切的勇气。你从来没有想过自己会这样依赖一个人,从此你的世界里都是对方的影子。你习惯了他给你做的早餐,习惯了对方给你挑的衣服,习惯了对方摸着你的头叫你笨蛋。

别人为你付出再多你都可以选择不去接受,唯独对方为你写的一张字条你会小心地压在玻璃下面。有人为你付出了整个青春你最后还是狠心拒绝，而对方随意的一句夸赞都会让你满心欢喜。你可以捂住耳朵不去听别人对你说的一万句我爱你，却无法拒绝他给你的一个拥抱。

在对方出现之前，你可以一个人拖着行李箱去很远的地方，可以和一群男生在大排档聊到天亮，可以在家里哭到很晚然后第二天面不改色地去学校。可是现在，你宁愿在周末陪他打一整天的游戏，为了对方删除了所有异性朋友的联系方式，开始试着和对方保持同一种生活节奏。

朋友说你活得一点也不像自己，你却不以为意。你收起了所有从前钟爱的衣服，换上了对方喜欢的白色长裙。你剪短了自己留了很多年的头发，仅仅为了使对方满意。你放弃了所有的兴趣和爱好，只为了能有更多时间陪在他的身边。

当你和别人说起他的时候，你的眼里满是笑意。虽然你身边有很多比他优秀的人，你还是容不得别人说他一句不好。当他和别的女生走得很近的时候你会难过很久，可是到最后你还是会选择原谅。你们总是会面对很多考验，你都咬着牙坚持了下来。

当你不小心做错事情的时候，对方总是会笑着对你说没关系。当你面对一件事情手足无措的时候，对方会轻轻地给你一个拥抱。当你遭遇了失败哭得梨花带雨的时候，对方会站在你身后对你说还有我呢。你怕再也没有人能忍受你的坏脾气，怕再也没有人会像对方一样对你那么好，怕再也没有人值得你为对方付出那么多。

你从来都没有觉得自己苦，觉得只要你们能走到最后一切都是值得的。即使所有人都不看好你们，即使现实让你们看不到一点希望,你还是想要坚定地和他走下去。对方已经成了你生命中最重要的人,你没有办法接受对方从你的生命中消失。

"猴子"小姐在她二十三岁的那年经历了人生中最艰难的一次分手,她和男朋友相爱了五年,没有输给毕业,没有输给第三者,却输给了异地。分手的那天晚上,"猴子"小姐把我们约到了她和男朋友以前常去的那家饭店,刚一进门我们就看到"猴子"小姐一个人坐在那里默默地流泪。

在我们的印象里,"猴子"小姐是一个倔强的姑娘。从认识到现在,我们几乎没有见过她因为任何事情而流泪。直到桌子上的菜上了一半,猴子小姐的心情才开始平复下来。所有人都知道安慰的话对于"猴子"小姐来说没有任何作用,大家只能面面相觑。

"猴子"小姐终于开口说话,她说这次分手没有任何预兆,她正在图书馆看书就收到了男朋友发的短信,短信内容只有五个字:我们分手吧。"猴子"小姐说她从来没有想过她们会以这样的方式分开,她一连给男朋友打了好几个电话,可是都没有接通。

"猴子"小姐说她最讨厌的就是冷暴力,无法接受五年的感情到最后只换来一条冷冰冰的短信。她说不是不同意分手,只是想再见他一面,想当面问清楚分手的理由。在吃饭的过程中,"猴子"小姐一直在给她男朋友打电话,但无一例外地都被挂断了。

"猴子"小姐给我们讲述他们的从前。她说他们一起去过很多地方,每去一个地方他都会买礼物送给她。她说他是一个很细心的人,每次吃完饭他都会帮她擦嘴。她说他们每天晚上都会视频到很晚,直到她睡着了他才挂断视频。

"猴子"小姐说完这些的时候,电话终于接通了。在听到那声喂之后,她立马崩溃了,直到过了半响才开始出声。"猴子"小姐问为什么要分手啊,她的男朋友没有回答。"猴子"小姐又问我们在一起不好吗,她的男朋友还是没有回答。最后"猴子"小姐说我做错了什么你说呀,我改还不行吗,她的男朋友说对不起,祝你幸福。"猴子"小姐还想说些什么,可是电话已经被挂断了。

后来"猴子"小姐和我们说,当一段感情真正结束的时候,无论你怎么挽回都无济于事,你的苦苦哀求只会让自己显得更加卑微。只有当你很爱一个人的时候,才会担心自己不够好;只有你觉得自己很幸福的时候,才会害怕失去;也只有当你回忆的时候,才会想起从前的美好。

电话挂断后,"猴子"小姐把手机放在桌子上,然后像失去全部力气一样从椅子上滑了下去。我们赶快把她扶了起来,等她抬起头的时候我们才发现她已经泪流满面。之后"猴子"小姐在桌子上趴了很久,大家谁都没有出声打扰,她蜷缩起来的样子让每个人都心疼。

等"猴子"小姐再抬起头的时候,桌子上的菜已经凉了。她说对不起有什么用啊,当初在一起的时候他怎么不说对不起,他生病我照顾他的时候怎么不说对不起,他做错事的时候怎么不说对不起,我不需要他的祝福,只要他过得好就够了。

当一个人在你心里占据很重要位置的时候,虽然他伤害了你,你也没有办法讨厌他;虽然你们分开了,你还是想要祝福他。对于你来说他是你生命中很重要的人,可是对于他来说你只是他的一个站牌，即使你为他付出了全部，陪他走到最后的那个人也不是你。

  从饭店出来以后，"猴子"小姐提出要去KTV。那天"猴子"小姐在包间里反复唱着《小幸运》，她说那是她的男朋友最爱听的歌。"猴子"小姐是我们之中唱歌最好听的，可是那天她没有完整地唱完一首歌，几乎每首歌都是唱到一半就开始哽咽了。

  唱到"我听见雨滴落在青青草地"的时候，"猴子"小姐的眼里全是悲伤。唱到"离别了才觉得刻骨铭心"的时候，她已经开始轻轻地啜泣。唱到"人理所当然地忘记"的时候，她紧紧地咬着自己的嘴唇。唱到"可我已失去为你泪流满面的权利"的时候，她已经泣不成声。

  "猴子"小姐没能唱完那句她最喜欢的《一尘不染的真心》，她说她知道他们已经分开了，可还是想再为他唱一遍这首歌。"猴子"小姐说，几乎歌词里的所有画面他们都经历过。他们一同度过了最美好的青春，有过让对方泪流满面的感动，也曾为了彼此对抗世界，可最后还是逃不过各自在人海流浪的结局。

  你明知道即使你哭得昏天暗地也无法改变最终的结果，可还是会为他流泪。你明知道你唱得再认真他也不会听见，可还是想再为他唱一遍他最喜欢的歌。你明知道你再怎么拼命挽留都无济于事，可还是想再为你们的感情努力一次。

  你看到他送你的东西会流泪，听到他喜欢的歌会哽咽，路过你们一起去过的城市会难以自拔。在整场感情中你一直是那个最用心的人，可最终所有的努力能感动的只有自己。你没有办法改变另一个人的想法，也没有办法改变你们最终的结局。无论你是否愿意，最终都要接受你们已经分开的事实。

总有一天你会明白自己才是最重要的人，没有人值得你为他泣不成声，也没有人值得你为他喝得不省人事。你必须先学会照顾自己，才能经营好自己的生活。你只有和自己的过去告别，才能开始一段新的感情。

愿你被爱伤过仍能从容生活，愿你经历过失望却从未绝望，愿你在复杂的世界找到自己，愿你被自己的所爱温柔以待。

我们都曾在青春里孤立无援

有时候你想听到一句安慰的话,结果却遭到了别人的恶意中伤。有时候你想要得到别人的理解,结果却只能独自面对属于你的生活。有时候你希望有人陪你走一段路,结果却只能一个人撑过那段让你觉得难熬的时光。

很多时候孤独让人觉得难以承受,是因为你所能依靠的只有自己,你无法从自己的周围寻求帮助,也无法获得身边人的理解。无论你曾经经历过怎样的痛彻心扉,也无论将要做出什么样的艰难决定,都只能选择独自面对。

可能你周围有许多朋友,但真正能让你依靠的却寥寥无几。可能你处在一个很热闹的环境中,但却很难找到归属感。可能你不止一次地渴望得到别人的认同和理解,但现实是你的渴望往往得不到回应。

向往远方的你,相信爱情的你,执着梦想的你,总是轻易地与周围的一切变得格格不入。你开始怀疑自己是不是真的错了,尝试着接受别人的观点,尽量使自己表现得跟别人一样。你不断地否定之前的自己,只为了摆脱孤立无援的境地。

慢慢地你开始变得合群，你的生活渐渐地热闹起来，开始有人在过生日的时候对你发出邀请，有活动的时候别人也会询问一下你的意见。你发现自己并没有想象中那么强大，在习惯了这一切之后，你害怕回到之前的生活。

有一天你突然开始厌恶这样的自己，终于发现没有办法和他们一样。你无法做到把旅行仅仅当作游玩，把爱情作为一种经历，把梦想看得一文不值。我们总要把一件事情当作生命中最重要的事情，也许你永远无法完成对自己的期待，但是在这个过程中能收获的远比你要失去的多。

做一个独立的人并不是一件容易的事情，你必须对自己的选择有足够的信心，你也要学着不去理会别人的眼光。谁都想做一个温暖别人的人，但是在此之前你要先学会温暖自己，把对自己的期待当作一种等待，把对未来的坚定当作一种选择。

安全感从来都不是从外界获得的，能使你感到安全的只有你自己的努力。在成长的过程中我们都容易犯这样的错误，听到别人的质疑就开始怀疑自己原先的想法，受到一点打击就不敢去坚持原本一直在坚持的东西。有些事情是没有办法逃避的，你只有选择面对才能打破让你觉得难堪的处境。

在人生的某个阶段你总是会不可避免地感到孤独，就像你在一夜之间被整个世界孤立了。你翻出从前的日记本却想不起自己从前的模样，把整座城市走了个遍却找不到一个可以停留的地方，翻遍整个通讯录也找不到一个可以倾诉的对象。

你只能不断地告诉自己，这些孤独和无助都是暂时的。你想要找到你的诗和远方就必须忍受别人异样的眼光，想要实现自己的梦想就必须与过去那个懒惰的自己告别，想要重新开始一段新的感情就必须和从前的一切划清界限。

G在高中的时候是体育特长生，当时几乎所有人都不认同他的选择。后来他回忆起来的时候说他的整个青春都处在孤立无援的境地中，在那段时间里他唯一学会的事情就是如何在无人理睬的日子里与自己相处。

G说那时候他总是要面对很多人的冷嘲热讽，似乎选择了体育就等于选择了堕落。总是会有一些老师用惋惜的目光看着他，很少有同龄人愿意和他接触，就连他的父母都不支持他的决定。在很长一段时间里，他都在质问自己是不是真的错了。

跑步是G一直以来热爱的事情，他说从来没有想过要去完成谁的期待，只想在年轻的时候做好自己喜欢的事情。我很羡慕G的坦诚，我们中的很多人都是在自己还年轻的时候选择活成别人期待的模样，然后等到无能为力的时候才开始后悔。

G说当所有人都反对你的时候，坚持真的是一件很困难的事情。你不仅要面对来自外界的质疑，还要努力消除对自己的怀疑。最感动的不是你最终证明了自己，而是你在这场一个人的战斗中始终没有放弃。

所有的坚持都是因为热爱，你不想在该奋斗的年纪选择将就，不想在还年轻的时候选择不去挣扎，不想因为自己的放弃失去拥有另一种生活的可能。很多时候你过得比别人好，仅仅是因为你在别人放弃的时候选择了坚持。

那段时间 G 的成绩一直很差,有很多次教练都劝他放弃。G 说那是他最难熬的一段时间,他每天都比别人早起一小时去训练,然后逼自己喝下定量的蛋白粉。即便这样还是收效甚微,他说觉得自己真的快要崩溃了。

也是在那段时间,G 开始坚持每天写日记。他说真正能陪伴你的只有你自己,你永远无法从别人那里得到安慰。"感同身受"这种东西只有很小的概率发生,在大多数时候你要一个人撑过那段让你感到绝望的时光。

G 说曾经一度很讨厌自己,他讨厌面对别人的质疑无能为力的自己,讨厌努力了那么久还是收效甚微的自己。但最终还是选择了与自己和解,因为他真的已经尽力了。无论将要面对怎样的结果,他都选择接受。

信乐团的《海阔天空》是 G 那时候常听的一首歌,他说最喜欢的歌词就是"冷漠的人谢谢你们曾经看轻我,让我不低头更精彩地活"。当一件事情在你坚持了很长时间以后,放弃真的是一件很难的事情,你没有办法辜负自己耗费过的时间,也没有办法辜负曾经那么努力的自己。

陪伴我们坚持下去的,或许是你看过的一部电影,或许是你曾经听过的一首歌,又或许是感动过你的一句话。你要相信,曾经出现在你生命里的东西一定有它的专属意义,也许它无法改变你现在的处境,就算它仅仅能使你回忆起从前的自己也够了。

G 在大三的那年拿了自己人生中的第一个冠军,时隔多年他终于证明了自己。G 说以为自己一定会哭,结果那天他比任何时候都要平静。他说一直都相信努力的意义，可能你的付出不会立马得到回报，但一定能够等到自己的海阔天空。

那天晚上的庆功宴上，G点了信乐团的这首《海阔天空》。前奏响起的瞬间G的眼眶就红了，他说我们总要熬过一段不被理解的日子才能真正变得强大，总要经历过前所未有的失望才能明白坚持的意义，总要独自撑过孤立无援的时光才能看到属于自己的希望。

坚持是一件太过漫长的事情，你不知道自己好不容易建立起来的信心会在哪天被现实击败，不知道自己相信了很久的事情会在哪天被轻易碾碎，不知道自己努力了很久才获得的回报在别人眼里有多么的不值得一提。

我们每个人都在孤独地行走，你永远不知道在一个人平静的外表下掩盖着怎样的情绪。也许你在一座陌生的城市找不到任何的安慰，只能在夜深人静的时候抱紧自己。也许你莫名其妙地就遭到了别人的误解，只能选择在没有人的时候安慰自己。也许你在不经意间就受到了别人的伤害，只能找一个无人的角落释放压抑了很久的情绪。

你不知道一个人的承受能力可以有多大，只是想在自己的处境改变之前坚持得久一些。我们都在这个年纪做出了一个没有退路的选择，也许永远都无法活成自己想要的模样，但至少拥有过一段让自己热泪盈眶的岁月。

G说没有埋怨过任何人，无论是那些不理解他的人，还是那些曾经伤害过他的人。他已经习惯了别人的误解，也早已学会了不去争辩。因为有时候你再怎么努力争辩都没有用，只能闭上眼睛不去看那些会让你难过的画面，只能捂住自己的耳朵不去听那些诋毁你的声音，也只能只身去往属于你的未来。

G说每个人都会经历一段孤独，你只有独自走过那一段孤立无援的日子才能找到属于你的意义。他说还有很长的路要走，关于未来仍旧一无所知，或许有一天终于成了自己期待的模样，又或许最后会像一个普通人一样生活。但是无论如何，他都会记得青春里这场一个人的战斗。

愿你正在经历一个人的兵荒马乱，愿你在这场孤独中不曾乱了阵脚，愿你有过一段感动自己的岁月，愿你最终找到自己生存的意义。

关于等待，愿你无所畏惧

很多时候，等待是一件无法避免的事情。你想到达一个地方，就无法避免漫长的颠簸。你喜欢上一个人，就无法避免等待回应的煎熬。你期待一个结果，就无法避免承受失望的可能。

我们都想在短时间内得到答案，但现实是我们必须经历等待的过程。你之所以害怕，是因为担心自己将要面对从来都没有想象过的局面，没有办法接受自己那么长时间的努力只换来一个你不想要的结果。

你曾经以为坚持就能看到希望，努力就能得到回报。虽然这个世界上有很多种辜负，但一定有一种回报是专门为你准备的。没有人喜欢失望，当你开始忽略一件原本十分看重的事情的时候，一定是因为你累了。

可能你为一次旅行准备了很久，每天努力工作只为了能早点到达你想去的地方，每天只吃一顿饭只为了攒够来回的机票，看了那么多的攻略只为了能有一段美好的回忆。到最后你发现那个地方根本不是你想象中的模样，回家以后你一个人沮丧了很久。

可能你为一个人花了很多心思，每天起得很早，只为了制造一场偶遇；通宵翻看对方的空间，只为了能对对方有更多的了解；看了那么多他从前看过的电影，只为了能在约会的时候有一点共同语言。可是最后你们还是没能在一起，你觉得付出和回报很难成正比。

你可能为一件事情努力了很久，总是告诉自己会好起来的，只为了给自己希望；从来都不敢产生放弃的念头，只为了能坚持得久一点；一直都在努力，只为了用坚持换取一种可能。但最终你还是被现实打败了，不知道在这个世界上还有什么是值得你相信的。

我们都是在一次次的失望中学会了成长，生命里的每段经历都有属于它的意义。你试着不去在意结果，试着把注意力放在自己身上，开始能把一些事情做得很好，发现很多原本在意的东西变得没那么重要。

你之所以觉得等待是一种煎熬，是因为你忽略了努力原本的意义。即使最后到达的地方不是你想象中的模样，你依旧获得了一段只属于你的回忆。即使最后没能和自己喜欢的人走在一起，你依旧学会了如何去爱一个人。即使最终还是被现实打败了，你依旧找到了对抗这个世界的方法。

可能我们没有预知未来的能力，但是可以在自己的世界里做到最好，没有什么比一开始就失败更让人有挫败感。你最终失望也好过没有出发的勇气，被人拒绝也好过你们在人海中错过，被现实打败也好过输给自己。

出国是表姐一直以来的心愿，她说想趁年轻的时候看看这个世界，就算最后还是要回到家乡，她也可以从容地继续接下来的生活。人活着总要为自己做些什么，她说不想让远方永远是远方，让梦想只能是梦想。

考托福的那段日子表姐到现在还记忆犹新,那一年她没有回过一次家,就连过年都是一个人在学校外面的出租屋过的。那时候她每天都往返于培训机构和出租屋,几乎没有任何活动,也很少与人交流,更多的时候都在和自己死磕。

表姐说原本以为孤独不是什么大不了的事情,可是当她一个人在出租屋里看着春晚的时候,还是哭了出来。你以为在一座城市生活了很久就可以被这座城市接受,可当你看到窗外的灯火辉煌时,才发现你始终都是一个人。

那年和表姐一起考托福的人都很努力,每个人都不知道等待自己的会是怎样的结果。有的人每天只吃一顿饭,只为了能留给自己更多的时间去复习。有的人上一秒还在默默流泪,却在下一秒重新戴上了耳机。有的人即使已经有了归宿,还在努力为生活打拼,期望有更好的可能。

表姐说那是高考之后第一次有这么大的压力,她没有给自己留任何退路。那时候她常常做题到深夜,直到半夜醒来才发现窗户还没有关。她说一直都相信这个世界是公平的,你想过上什么样的生活就必须先让自己配得上那种生活的努力。

当时并不是所有人都能坚持下来,很多人因为各种原因最终选择了放弃。表姐说坚持真的是一件很难的事情,你要面对很多来自现实的打击,要习惯被辜负的感觉,也要时刻准备好来自未知的风险,也许你的努力不会立马得到回报,也许你的坚持要在很久以后才能看到希望。

在等待结果的那段时间,表姐一直表现得很平静。她说既然等待无法避免,不如选择去认真面对。你永远都不知道明天会以怎样的面目出现,尽量使自己的内心平静就是我们努力的意义。现在表姐终于在大洋彼岸过上了自己想要的生活,她的等待最终没有被时间辜负。

芸芸曾经是一个任性的姑娘,那时候她拥有一段让所有人都羡慕的感情。芸芸的前男友是一个让我们所有人都汗颜的存在,她的闺密总会不自觉地拿自己的男朋友和芸芸的前男友做比较,当时的芸芸完全是一副被宠坏了的模样。

那时候芸芸和她的前男友生活在两座不同的城市,她的前男友每个礼拜都会坐五小时的硬座去看她。芸芸提出的每个要求她的前男友都会尽量去满足,她的前男友为了给她过生日曾经吃了一个月的泡面,为了买一件她喜欢的衣服而卖掉了自己珍藏了很久的模型,为了陪她去旅行而去学校附近的餐厅打了很久的工。

只有当你真的很爱一个人的时候才会毫无底线地包容她,无论你们有多么的不合适你都会选择坚持,无论她犯了多大的错误都会选择原谅,无论她有多么差劲都会在别人面前维护她。也许她从来都没有把你看得很重,但对于你来说她是最重要的人。

即使这样,芸芸还是和她的前男友闹了很多次分手。我们总是容易在一段感情中有恃无恐,你知道他不会离开你所以从来都不会在乎他的感受,你知道他不会忍心伤害你所以伤害了他很多次,你知道无论如何他都会原谅你所以留给他很多次背影。

没有一个人会毫无怨言地陪你很久,许多感情都是由于一开始的不在乎最后成了错过。芸芸最后一次和她的前男友闹分手的时候，以为他会像每次一样追上去，可让她意外的是那天她的前男友站在原地没有动。

在经历了在一起以来唯一的一次争吵之后，他们最终选择了分手。分手的那天芸芸的前男友在她寝室楼下等了很久，直到最后芸芸都没有出现。有些人只能等到离开以后才开始后悔，有些感情只能等到失去以后才开始怀念。

分手后的芸芸总是找我们哭诉，她说其实那天她的男朋友离开以后她一个人在寝室楼下坐了很久。她的前男友留下的奶茶还残留着一些温度，可是她不知道该如何挽回。芸芸最终选择了释然，她说不想再做那个辜负别人的人了。

芸芸说也许以后再也遇不到能这样对她好的人了，也许会因为错失了这段感情而后悔很长时间，也许要一个人在这个世界上流浪很久。但这就是她必须面对的结局，不管心里有多少遗憾都只能选择接受。

芸芸说终于要开始属于她的等待了，她相信在未来一定会有一个真正适合她的人在等着她。他们之间不需要有太多的共同话题就能相处得很好，只需要一个眼神就能明白对方的意思，而关于未来要有着共同的期待。

也许这将是一个很漫长的过程，但芸芸觉得一切都是值得的。她希望给自己一些时间让自己变得更加优秀，这样在下一份爱情到来的时候不会因为自己的任性而再次错过，也不必因为自己不够好而变得卑微。

可能你正在经历人生中最为漫长的等待,可能正忐忑不安不知所措,但是不管你犯过怎样的错误,也不管错过了多么重要的东西,都要相信等待的意义。在这段时间里你要努力使自己变得更好,不管有怎样的结局正在等着你,都要无所畏惧,因为只有你知道自己想过上怎样的生活。

愿你在自己的生命中光芒万丈

到了某个年纪我们的脑子里就会开始出现一些名词,比如旅行,比如爱情,比如梦想。你不知道这些名词对于现在的你来说有着怎样的意义,但是你知道它们以后会是你生命中很重要的东西。

我们都在各自的生命里过着属于自己的生活,偶尔脑子里会闪过一些不安分的想法。许多时候你甚至都没有去尝试的勇气,只能把这些念头留给以后。你也不知道对于你来说什么才是最重要的东西,只能趁着年轻的时候尽可能地去尝试。

你去过很多地方,也见过很多人,一直都在寻找着属于自己的生活节奏。可是没有一个地方让你产生过想要留下来的念头,很多时候你都觉得对于你来说旅行的本质就是流浪,始终都无法找到一个让你产生归属感的地方。

你常常在一座陌生的城市感到孤独,觉得街上人来人往,每个人都有自己的生活轨迹;你觉得窗外灯火辉煌很轻易地就会迷失自己。我们每个人都在这样的世界上行走着,偶尔能碰到一两个还算不错的人就心满意足。

你开始发现陪伴是一件很困难的事情，那些曾经出现在你生命里的人现在都有了自己的生活。没有人可以一直陪着你，也没有什么东西可以一直不变，每个人都在朝着自己的方向前进着，你们只能在重新相遇的时候给对方一个微笑。

曾经给你留下很深印象的电影，曾经感动过你的歌曲和那些让你感同身受的文字偶尔会被你重新记起，也许它们当时并没有让你产生太多的共鸣，但是你会在许多年以后重新思考它们对于你的意义。

你会因为一部电影里的场景而喜欢上某城市，会因为一句歌词而成为一个温暖的人，会因为一段文字而打消想要放弃的念头。它们带给你的不是显而易见的东西，你必须在有所体会之后才能察觉到它们的作用。不知道什么时候学会强大，你无法做到百毒不侵。

你开始习惯孤独，习惯失落，因为你明白成长就是与这个世界和解的过程。总有一件事情会让你觉得这个世界没有你想象中的美好，总有一个瞬间会让你明白有些东西只能选择自己面对，我们都必须学会如何与自己相处。

你不知道什么时候才能变得真正强大，也许需要很久。你觉得永远也无法做到像别人那样满不在乎，总有一个人会让你念念不忘，总有一些回忆会让你泪流满面。你需要的不是一副看似强大的外表，而是时间。

你不再惧怕一些东西，开始意识到有些东西出现在你生命里一定有属于它的意义。有些意义从一开始你就有所体会，而有些意义需要过了很久才能有所察觉。以前你总是在质疑回报这种东西，到现在终于开始相信。

你相信你在哪里付出就会在哪里得到回报，花时间去旅行就会得到旅行的回报，花时间去健身就会得到健身的回报，花时间去看书就会得到看书的回报。时间是一种公平的东西，之所以被辜负是因为很多时候你还不够努力。

你为对方付出了很多，那时候觉得对方是你生命中最重要的人。你总是担心对方会从你的生命里消失，会因为对方没有回复你的消息而坐立不安，会因为对方忘记了你们的纪念日而感到失落，会因为对方错过了你的生日而难过很久。

你从来都没有想过自己有一天会因为一个人变得这么卑微，从自己身上看不到一点从前的影子。你以为拼命对他好，他就会喜欢上你。你以为变得足够优秀，你们就可以在一起。你以为只要你努力坚持，你们就可以走到最后。

直到有一天你发现真正的爱情不是单方面的付出，永远都无法叫醒一个装睡的人。你付出得再多他都可以装作没有看见，改变得再多他都觉得理所当然，就连为他做出的牺牲他都觉得那是你的一厢情愿。

你终于决定离开他开始新的生活，下了很大的决心才能让自己不去想他。也许你在街上和他偶遇之后还是会难过很久，也许他永远都会在你心里占据很重要的位置，也许你需要用很长时间才能把他忘记，但是无论如何，现在你们都没有任何关系了。

你不知道什么才是两个人之间最好的相处方式，希望找到一个真正能和自己合得来的人。对于一件事情你们可以有不同的看法，但是都明白一定要尊重对方。可能你们会偶尔误解对方，但是最后都会选择原谅。不管你们曾经对未来有过怎样的期待，都愿意为了共同的未来去努力。

以前你觉得自己一定要和一个人一见钟情，现在发现两个人能聊得来才是最重要的。以前你觉得自己的爱情一定要轰轰烈烈，现在发现没有什么比平淡更能让你觉得安心。以前你觉得有些人错过了就再也不会遇见，现在发现真正对你好的人永远都不会轻易离开你。

我们都需要经历一两个"错"的人才能遇见"对"的人，都需要被人伤害过才能变得强大，都需要被人爱过才能学会如何去爱别人。你永远都不知道现在站在你身边的人可以和你一起走多久，只能尽力不去做那个辜负别人的人。

一个人的时候不要焦虑，不管要被人伤害多少次，也不管要错过多少次，你都要努力过好当下的生活。只有你变得足够强大，才能不去惧怕别人对你的伤害。只有你变得足够优秀，才能和自己喜欢的人站在一起。

一件事情你坚持了很久还是看不到希望，不止一次地听见过别人对你的质疑，有时候连你都在怀疑自己。你不知道还需要这样生活多久，不知道什么时候才能等到属于你的结果，不知道最后的结果会不会辜负你的坚持。

一开始你只是不想和别人一样，不想过一成不变的生活，不想成为曾经最讨厌的那种人。可是时间久了以后你发现，并不是为了得到别人的认可，只是不想还没有坚持就放弃，不想还没有努力就投降。

你已经习惯了别人对你的议论,知道你解释得再多都不如把一件事做好。我们都会经历这样的一段时间,很少有人会支持你,也很少有人会相信你。你只能把这些情绪写进日记本里,等待夜深人静的时候一个人翻看。

你想要找人倾诉,却发现愿意相信你的人寥寥无几。你想要得到别人的理解,却只能对着空无一人的房间发呆。你想要听到一句安慰的话,却只能在时间的帮助下让自己好起来。期待别人的感同身受是一件很困难的事情,你能依靠的只有自己。

太容易得到的东西就会太容易失去,没有什么东西会平白无故地出现在你的生命里。你做好一件事情一定是因为你在这件事情上耗费过很长时间,得到别人的称赞一定是因为你有过一段感动自己的时光。

你要相信正在经历的一切都有属于它们的意义,我们每个人的生命里都会有这样的一段路,需要一直走才能不被黑暗淹没,需要走很久才能看到属于你的太阳,要走很远才能成为那个更好的自己。

不管有多少人在嘲笑你都不要紧,我们都不是天生拥有许多东西的人,也许别人不屑一顾的正是我们苦苦追寻的东西;也许别人拥有的东西,我们需要奋斗很长时间才能得到;也许别人轻易就可以做到的事情,我们需要努力很久。

你只有不停地努力才能在这个世界上站得很稳,只有不断地坚持才能得到一些微小的回报,只有始终相信才能不被自己打败。既然没有办法后退,就努力朝着自己认定的方向前进。既然没有办法放弃,就用坚定为自己换取一种可能。

  我们都期待出人头地的那一天,也许你很快就能迎来属于自己的春暖花开,也许还需要等很久你的处境才会有大的改变。在你身后还有许多和你一样的人,不管你正处于哪种处境,希望我们都能看到彼此光芒万丈的那一天。

  愿你早日找到属于你的那座城市,愿你最终遇到适合你的那个人,愿你的努力最终没有辜负自己,愿你在自己的生命中光芒万丈。

后 记

许多年后希望我还在这里陪着你

在写这本书的过程中我经历了许多事情,有些事情在发生过之后很快就被我遗忘了,而有些事情直到现在都无法释怀。我不知道那些事情要到什么时候我才能真正放下,但是我知道有些事情一旦选择了接受,它就成了我生活中的一部分,我们要做的就是努力过好现在的生活。

也许你在对一件事情坚持了很久之后还是会被时间辜负,也许在被一个人伤害之后还是会被另一个人伤害,也许在旅行了很久之后还是会回到原本生活的城市。生活对于我们每个人的意义或许不只是经历,更重要的是我们要在这个过程中找到自己真正想要的东西。

即使你最终没能通过自己的努力成为自己想要成为的人,但至少开始试着不向现实低头。即使你用尽全力还是没能留住那个对你来说很重要的人,但至少开始试着不去将就。即使你对一座城市很留恋还是不得不离开,但至少开始试着去找到属于自己的方向。

我们都无法很轻易地获得一件东西,想要得到什么就不得不先去付出什么。我们大都不是拥有过人天赋的人，要加倍努力才能追上那些天赋异禀的人。我们大都不是特别幸运的人，不管什么东西靠自己的努力得到才能心安理得。

总是会有人想要放弃，总是会有人轻易地妥协。你觉得内心再坚定的人也无法战胜时间，再努力的人也会败给现实，与其到最后输给时间不如趁早放弃，与其到最后被现实打败还不如趁早妥协。

我们都没有预知未来的能力，你不知道你的梦想最终能否实现，不知道自己会不会在某一天和自己喜欢的人分开，不知道自己是否会再去一次喜欢的城市。只是我们都不愿意在一切还没有结束的时候选择妥协，在还能奋斗的年纪选择将就。

你还是会为了自己的梦想默默努力，还是会紧紧牵着自己喜欢的人的手，还是会背起行囊认真地去看这个世界。即使现实给了你一百个放弃的借口，还是要给自己找一个不放弃的理由。即使世界给了你无数种不可能，还是要用自己的努力去换取一种可能。

也许你以前读过我的文字，也许你是第一次听说我这个人，也许我们已经认识了很久，那么很荣幸在你孤独的时候翻开这本书，这里有我想对你说的话。在你难过的时候打开我的微博，我会在那里等你。在你快要坚持不下去的时候记得我们的约定，我们都要在下次见面的时候变得更好。

感谢你的陪伴，希望我能一直陪着你，直到我们都过上自己想要的生活。

图书在版编目（CIP）数据

谁不曾孤立无援，谁不曾遍体鳞伤 / 郝泽鹏著. —北京：北京时代华文书局，2021.9
ISBN 978-7-5699-4389-4

Ⅰ.①谁… Ⅱ.①郝… Ⅲ.①故事－作品集－中国－当代 Ⅳ.①I247.81

中国版本图书馆CIP数据核字(2021)第175824号

谁不曾孤立无援，谁不曾遍体鳞伤
SHUI BUCENG GULIWUYUAN, SHUI BUCENG BIANTILINSHANG

著　　者｜郝泽鹏

出 版 人｜陈　涛
策划监制｜小马BOOK
特约编辑｜张世景
责任编辑｜张超峰
责任校对｜凤宝莲
封面设计｜鬼　哥
内文制作｜胡燕霞
责任印制｜訾　敬

出版发行｜北京时代华文书局 http://www.BJSDSJ.com.cn
　　　　　北京市东城区安定门外大街138号皇城国际大厦A座8楼
　　　　　邮编：100011　电话：010-64267120　64267397

印　　刷｜河北京平诚乾印刷有限公司　电话：010-60247905
　　　　　（如发现印装质量问题，请与印刷厂联系调换）

开　　本｜787mm×1092mm　1/32　印 张｜6.5　字 数｜150千字
版　　次｜2021年10月第1版　　　　印 次｜2021年10月第1次印刷
书　　号｜ISBN 978-7-5699-4389-4
定　　价｜42.00元

版权所有，侵权必究